Mission sous couverture
LE CHEVALIER DE LA JARRETIÈRE

Dépôt légal première édition - mars 2023
Illustration de couverture : Céline Badaroux
Tous droits réservés - Céline Badaroux
ISBN 978-2-9573279-9-7

« Un James Bond en armure »
#erotique #queer #fantasy #medieval #espionnage

Chapitre 1

Neven enjamba le baquet d'eau désormais froide. L'eau dégoulinait le long de ses cuisses pour tomber en flaques sur la pierre glacée. Il attrapa un drap de lin et entama de frotter son corps nu pour se sécher. Il grimaça. Ses muscles étaient encore douloureux même après le massage de Constance, qui portait bien son nom. Des années de bons et loyaux services à son côté, et ce n'était pas chose facile, il le savait. Sa main frôla la blessure à son bras et se posa sur son ventre que la nourriture n'avait pas distendu. Il faisait bien trop d'exercice. Et pas assez avec Constance à son goût. Enfin, au goût de Constance. La belle était pourtant fort plaisante à regarder avec sa poitrine généreuse et ses hanches larges. Et elle avait toujours de l'énergie à revendre pour s'amuser. Mais justement. Pour Neven, à la veille de ses trente ans, il trouvait que chaque mission lui demandait toujours davantage et que Constance et lui ne s'amusaient plus autant. Le souvenir des mains de la jeune femme sur son corps raviva la chaleur entre ses cuisses, mais il secoua la tête. Quelques images de ses seins émergeant à la surface de l'eau lui rendirent la tâche plus difficile, sans compter qu'il les sentait encore glisser contre son torse tandis qu'elle allait et venait sur son...

— Ça suffit, grommela-t-il.

Il s'assit sur son lit et entama de se vêtir en enfilant ses chausses. Une fois, sa chemise et son plus beau pourpoint en place, son émoi ne paraîtrait plus. Être au service du roi avait ses avantages. Le gîte, le couvert et une bonne rente, c'était bien le moins qu'on puisse faire pour le meilleur chevalier-espion du royaume. Et aujourd'hui, il devait se montrer digne de la nouvelle mission que son souverain comptait lui assigner. Il avait audience, et on ne fait pas attendre le roi. Il ajusta sa ceinture, y accrocha sa dague à couillettes[1] et enfila ses scarpes fraîchement cirées. Ah, Constance. Son entrejambe tira sur les chausses. *Grrr.* Il était temps de se rendre à l'audience de toute façon. Ce n'était pas la première fois, loin de là, que Neven avait une audience privée avec son roi. C'était à lui qu'on confiait toujours les missions les plus sensibles, les plus dangereuses et dont le taux de survie était le plus faible.

Et... à certaines occasions, il l'avait senti passer. Il reposa la main sur son ancienne blessure sans y penser. Il n'était pas passé loin de se faire tout simplement couper en deux par cette horrible manticore. Il soupira. Vraiment pas passé loin. Si le roi le faisait mander à nouveau, c'est qu'il avait un problème important, et urgent, à régler.

Il tourna encore dans un des nombreux couloirs de pierre éclairés par de nombreux flambeaux pour se trouver enfin devant la double porte en chêne sculpté de la salle d'audience. Il eut un moment d'absence en repensant à ces ébats improvisés avec la comtesse de Pryden derrière la grande tenture tandis que son mari débattait d'un traité sur le commerce. Un moment d'égarement qui lui avait laissé un souvenir impérissable. Hum. Il se concentra sur le dragon ailé flanqué de clés gravé sur la porte. Le blason du roi. La mission. Il jeta un œil aux gardes, qui, fidèles aux ordres, ne bougeaient que pour barrer la route aux persona non grata, et poussa la lourde porte pour entrer.

Il marcha jusqu'à la grande table et se pencha cérémonieusement pour saluer son roi tandis que les gardes à l'intérieur refermaient la porte.

— Neven ! dit ce dernier d'une voix sombre. Prenez place. Nous avons un grave sujet à discuter.

Le chevalier ne se fit pas prier et s'assit face à la fameuse tenture qu'il ne put s'empêcher de brièvement fixer afin de s'assurer que personne n'était derrière. Au temps pour la

---

1. Drôle et historiquement correct, une dague à couillettes est une dague avec deux boules en guise de garde qui ressemblent stricto sensu à des couilles, d'où le nom. Charmant, non ? Maintenant, vous pourrez briller en société.

concentration.

— Chevalier, j'ai besoin de vous. Aujourd'hui plus que jamais. Il n'y a que vous qui puissiez m'aider.
Le ton inhabituellement grave du roi l'inquiéta.
— Bien sûr, sire, s'empressa-t-il de répondre. Je suis à votre service.
— Et je vous en sais gré, car l'heure est grave.
Le roi se tordit les mains.
— La princesse a été enlevée, lâcha-t-il soudain.
Neven afficha une expression choquée, qu'il fit de son mieux pour faire disparaître au plus vite.
— Le prince de Kavell croit qu'il peut me faire plier...
— J'ignorai qu'il ressentait...
— Une rançon ! Il me demande une rançon ! L'ignoble cancrelat, le vil rejeton de kobold, le sale traître.
— Et vôtre...
— Pas un sou ! Je ne donnerai pas un sou à cet escroc. Et tout ça pour monter une armée contre moi et attaquer la frontière sud. Pour qui me prend-il ? Vous allez me la récupérer et fissa. Vous m'entendez ? Il est hors de question que cette fiente de gob mutant touche une seule de mes pièces d'or.

Sur ces mots, il congédia le chevalier en lui fourrant la lettre de rançon dans la main, et une bourse de pièces d'argent dans l'autre. Ce dernier se retrouva à nouveau dans le couloir, sous le choc de l'annonce. La princesse... rien que ça.

Debout devant son coffre à linge, il se rejouait encore la scène. Lui qui n'avait jamais failli, ce n'était vraiment pas le moment de commencer. Il ne pouvait pas laisser la princesse aux griffes de l'ignoble prince de Kavell. Le roi avait été clair, il refusait de payer, et il était le seul espoir de cette pauvre et innocente Philia. Non. Innocente, ça elle ne l'était plus. Peut-être même ne l'avait-elle jamais été. Diantre, mais où était sa vieille tenue de voyage ?

— Constance ! appela-t-il d'une voix tonitruante en jetant son pourpoint sur le lit.

Il entendit souffler et aperçut ses seins dans l'encadrement de la porte avant même tout le reste. Il avait beau savoir qu'elle ne s'en séparait jamais, son regard peinait à se poser ailleurs (il était toujours surpris de les voir arriver en premier, comme s'ils avaient une vie propre).

— Vous avez perdu le chemin des commodités ? demanda Constance d'une voix moqueuse.
Il lui jeta un regard par en dessous et ignora sa question.
— Où est ma vieille tenue de voyage ? Celle que j'utilise pour me faire passer pour un marchand, dit-il en tournant vainement sur lui-même et en fouillant la pièce du regard.
— Mais vous venez à peine d'arriver ! Vous n'allez pas déjà repartir ! s'exclama-t-elle indignée.
— Oh, si, je repars et le plus vite possible ! Le...
— ...Royaume est en danger. Je connais la chanson, conclut-elle résignée.
Neven s'apitoya devant sa mine déconfite.
— Ne faites pas cette tête, je...
— ...reviens très vite, termina-t-elle. Je sais.

Et elle dévia le regard sans rien dire, s'apprêtant à quitter la pièce. Neven détestait la voir ainsi. Constance était son roc, son phare dans la nuit. Elle était toujours là pour lui et il avait besoin d'elle. Il ne pouvait pas la laisser comme ça. Il ne pouvait pas filer entre deux portes en l'abandonnant. Surtout sans savoir s'il reviendrait ou pas. C'est ce qu'il se disait à chaque départ.

— Constance, susurra-t-il à son oreille en attrapant doucement ses épaules dénudées.
Il se serra contre son dos et remonta ses mains pour caresser la peau nue de son cou. Elle soupira.
— C'est le prix à payer n'est-ce pas ? De croire à chaque fois que cette fois sera la dernière, chuchota-t-elle.
— Mais cela ne rend-il pas la chose plus excitante ? demanda-

t-il, taquin.

Il se serra plus fort contre elle afin d'appuyer son propos.

— Si, répondit-elle avec un petit rire chargé de désir.

Elle défit les lacets de sa chemise et il attrapa ses mains pour les glisser le long de son ventre et passer sous le bas de son vêtement pour le remonter par-dessus sa poitrine. Tout en couvrant son cou de baisers, il posa ses grandes mains brunes sur les seins de Constance qui soupira. Sa peau était douce et fraîche, et elle sentait bon le chèvrefeuille.
D'une main, il défit le foulard qui tenait ses cheveux et ses boucles châtains tombèrent sur ses épaules nues, la faisant frissonner au contact. Pendant un instant, il y enfouit le visage pour respirer son parfum, elle sentait les champs de fleurs au soleil et le savon avec lequel elle lui frottait le dos. Il l'embrassa derrière l'oreille et elle se retourna pour se coller face à lui. Les courbes chaudes de son corps épousèrent les lignes dures du sien et il grogna au contact. Elle glissa une main derrière la nuque de Neven et une sur sa taille pour lentement glisser sur les fesses du chevalier. Il ne se gêna pas pour faire de même, relevant au passage ses jupons de lin rêche. Elle émit un petit rire, se serra plus fort contre lui puis elle l'embrassa sur les lèvres, dans un baiser charnel et passionné qu'il lui rendit.
Neven, tout en caressant le fessier rebondi de Constance, faisait remonter le tissu de sa jupe jusqu'à pouvoir enfin empoigner la chair cachée sous les couches de tissu. Quand ses mains brûlantes entrèrent en contact avec la peau fraîche de Constance, cette dernière gémit et se cambra en écartant légèrement les jambes. Il y glissa une main jusqu'à sentir sous ses caresses la moiteur intime de sa compagne de jeu. Incapable de résister à un tel encouragement, Neven la fit reculer jusqu'à buter sur le lit et ils tombèrent tous deux à la renverse avec un cri et des rires. Constance arrêta bien vite de s'esclaffer pour enjamber son chevalier avec un air de défi. Ce dernier, semblant accepter les règles qu'on lui imposait, leva les mains en signe de reddition, et se dressa suffisamment pour faire passer sa chemise au-dessus de sa tête, révélant

un torse musclé, un peu sec, dont la chair de poule laissait paraître l'excitation. Il jeta la chemise, se rallongea et empoigna les hanches de Constance qui avait entamé de faire glisser les chausses de Neven qui peinaient à contenir le témoignage de son excitation.

Il avait glissé ses mains sur les fesses de Constance pour lui intimer un mouvement vers l'avant, mais Constance recula et se baissa pour poser ses lèvres sur le bas de son ventre et l'en couvrir de baisers. Neven grogna et s'agrippa aux épaules de sa partenaire et eut un mouvement de hanches pour se frotter contre elle. Il gémit et elle émit un petit rire coquin et sadique en posant les mains sur son ventre en remontant le long de son torse. Neven réprima un grognement et Constance se releva pour attraper l'objet de son désir et l'insérer profondément en elle. Tous deux crièrent de plaisir dans un bruit animal de soulagement. Constance se mit à rouler des hanches et à onduler doucement au rythme de ses gémissements et des soupirs de Neven. Elle sentit une chaleur monter dans son ventre, mais avant qu'elle pût se laisser aller au plaisir qui arrivait, Neven se souleva et les fit basculer. Constance se trouva sur le dos et noua aussitôt ses jambes dans le dos de Neven. Ce dernier remonta à nouveau la chemise de Constance par-dessus ses seins et les empoigna pour les couvrir de baisers. Sa peau était si fraîche en comparaison de la sienne qui semblait consumée par le désir. Sa langue passa sur les tétons durcis de Constance et elle gémit en passant ses doigts dans les cheveux noirs de Neven. Ce dernier se redressa, prit appui sur ses bras et entreprit de donner de grands coups de reins tandis que Constance lâchait des « ah » et des « oui » qui ne l'excitaient que davantage. Et elle le savait. *La peste.* Elle n'allait pas s'en tirer comme ça.

Neven sourit et Constance gémit de satisfaction à l'idée que ce n'était pas terminé. Après tout, ils savaient tous les deux ce qu'ils aimaient.

Elle donna à son tour un coup de reins qui la replaça sur le dessus de son compagnon puis pivota doucement pour se trouver dos à lui. Il empoigna ses hanches et se redressa pour se coller à son dos et l'aider à enlever à son tour sa chemise. Il la serra entre ses bras, elle si douce et pâle, comme une poupée de céramique[2], et lui si buriné par le soleil et les combats. Il caressa ses seins, descendit le long de son ventre et glissa un doigt entre ses cuisses humides pour prolonger le plaisir. Constance ruait sans pouvoir se contenir. Elle se cabrait et gémissait à n'en plus pouvoir.

— Grâce Monseigneur, pitié, hurla-t-elle soudain. Je vais jouir, je n'en peux plus.

Neven la bascula vers l'avant, prit appui sur ses genoux, remonta les fesses de Constance à la bonne hauteur et donna coup de hanche sur coup de hanche. Constance criait de plaisir tandis qu'il grognait. Les mains crispées sur la peau diaphane de sa partenaire, il sentait la sueur perler sur son bas ventre et rouler vers son sexe et tout explosa. Constance poussa un cri sonore de jouissance et Neven l'accompagna dans un râle et s'effondra. Ils restèrent ainsi quelques secondes, puis il roula sur le côté.

— Je crois qu'il va me falloir un autre bain, Constance, déclara-t-il après avoir récupéré son souffle.

Elle rit, l'embrassa et fila faire chauffer de l'eau avec un regard entendu.

---

2. Entre le XIe et le XIIIe siècle les enfants pouvaient jouer avec des poupées hochet en céramique. Qui a dit qu'on ne pouvait pas se cultiver en lisant un roman érotique ?

Chapitre 2

Chère Constance, se dit-il en chevauchant vers la ville de Daemarrel. Ils étaient bien trop pudiques pour parler d'amour, bien sûr. Mais il était convaincu qu'elle savait qu'elle comptait beaucoup pour lui. Plus qu'il ne voulait bien l'admettre d'ailleurs. Neven en était toujours à tourner cette idée dans sa tête en passant le hameau de Thesite. La plaine avait laissé place à la forêt chantante, qu'il avait préféré éviter à cause des vieux saules complètement arythmiques. Le résultat était purement inaudible. Puis il traversa les plaines à nouveau, avant d'arriver vers le lit du fleuve Llyn ; frontière naturelle avec la principauté de Kavell, le but de sa mission.

Un poste de garde donnait accès au pont colossal qui menait ensuite aux portes de Daemarrel. La longue file d'attente qui serpentait jusqu'au poste lui promettait un après-midi des plus fascinants, à moins que le groupe d'elfes devant eux ne décide qu'ils étaient trop importants pour attendre, ça pourrait mettre un peu d'ambiance. Un chariot couvert chargé de tonneaux était posté devant lui, et plusieurs autres le précédaient, chargés de denrées diverses et variées. *Des festivités ?* C'était le signe que la mission pressait. Si le prince se préparait à une si grande fête avec la princesse en ses murs, cela n'augurait rien de bon. Il descendit de cheval et lança son baluchon sur une épaule. Sans doute serait-il plus discret s'il pouvait se glisser dans un des attelages.

— Qu'est-ce il r'garde le beau monsieur ? fit une voix flûtée dans son dos. Je vous vois tourner depuis t'à l'heure.

Il se retourna pour tomber nez à nez avec une jeune femme vêtue d'une grande robe aux couleurs étonnement vives.

— Y a une fête dans l'coin ? demanda-t-il avec une diction plus rustre qu'à l'accoutumée, couverture oblige.
— Ah, l'est pas d'ici le p'tit agneau, répondit-elle avec un sourire en coin. Je veux ! Le prince a commandé du vin en quantité et de la bière aussi. L'a pas trop dit pourquoi, mais à mon avis va y avoir du bon banquet. Et puis y a la foire au vin, personne veut rater ça.
— Et vous livrez ?
— L'est bien curieux le p'tit agnelet, répondit-elle en s'approchant un peu plus et en le toisant d'en bas. Il voudrait pas un petit verre gratuit, des fois ?
— Oh non, m'dame. Je suis venu pour du travail. J'ai plutôt intérêt à bien présenter.
— Pour ça, ça va être facile, lui lança-t-elle avec un sourire en le détaillant du regard. Et tu m'appelles pas « m'dame ». 'Chuis pas ma mère. Moi, c'est Pâquerette.
Il se garda de faire un commentaire, mais écarquilla les yeux de surprise.
— Je sais. Mes parents, z'ont pas trop de cervelle, mais sont pas méchants.
Il jeta un coup d'œil appuyé vers l'avant de la charrette.
— Qu'est-ce que vous cherchez comme ça ?
— Ben vos parents, répondit-il avec une certaine inquiétude.
Il avait toujours fait mauvais ménage avec les parents des belles qu'il croisait. Allez comprendre.
— Sont pas là ! s'esclaffa-t-elle.
— Vous conduisez c't attelage seule ?
— Pour sûr ! J'ai pas b'soin d'un seau à vinasse pour conduire une charrette à ma place, dit-elle en relevant le menton.
— Pour sûr, confirma-t-il. Alors vous êtes la d'moiselle de la situation.
Elle rougit à « demoiselle » et lui sourit.
— Oh. Je vois. Le p'tit agneau a besoin d'entrer incognito, pas vrai ?
— Pâquerette, vous êtes brillante, dit-il en s'approchant tout près de son visage.
Elle rougit.
— Et qu'est-ce j'y gagne ? dit-elle d'un air de défi.
— Et vous avez le sens des affaires. Vos parents doivent être

fiers de vous.

Elle se rengorgea, mais attendit prudemment la fin de sa phrase. Il s'écarta et montra du doigt son cheval. Un beau cheval, propre, brossé, avec une belle selle et des fers tous neufs. Ses yeux s'écarquillèrent comme des soucoupes.

— Tu me donnes ton cheval, mon agneau ? dit-elle toujours éberluée.
Neven hocha la tête.
— Contre une place à côté de vous sur la carriole, répondit-il.
— À ce prix-là, je t'offre le gîte et le couvert mon agneau, dit-elle en posant une main sur son torse.

Elle sembla le trouver à son goût, l'explora un peu et glissa une main vers sa ceinture. Ses pupilles se dilatèrent.

— Il a pas une p'tite femme le p'tit agneau ?
Il fit non de la tête.
— Mais vous croyez vraiment que c'est le prix pour un cheval ? demanda-t-il.
— Non, il faudrait payer bien plus que ça, mais⊠ c'est mon offre, mon agneau. Je veux ton cheval ET un tour de manège avec toi. Et toi tu veux une place sur ma charrette, pas vrai ? dit-elle en l'attirant à lui par sa ceinture.
— Je n'ai pas peur de donner de ma personne. Pour la bonne cause, bien sûr, répondit-il.
— Bien sûr, confirma-t-elle avec un sourire.

Elle accrocha le licol du cheval à son attelage et tira Neven par la main pour l'amener au cul de la charrette puis souleva la toile qui couvrait les tonneaux. Il y découvrit un petit passage qui semblait conduire au cœur même de l'empilement. Elle s'y engouffra à quatre pattes. Il fit sa petite prière habituelle et pressa sa main contre son cœur pour sa Constance. Tous les deux le savaient : ce qui se passait en mission restait en mission. Puis il se plia en deux et se faufila à la suite de Pâquerette dans la cachette sous les tonneaux.

— Bienvenue chez moi ! dit-elle fièrement.

Il admira le petit espace qu'elle s'y était aménagé quand ses yeux se furent habitués à la pénombre. Trois gros tonneaux faisaient le toit et une série de plus petits les isolaient du monde extérieur tout en soutenant l'espère de charpente. Il était impressionné. Le tout était tapissé de paille à ce qu'il pouvait en juger dans le noir quasi complet de la cachette.

— C'est charmant. Et c'est aménagé avec goût, dit-il en plissant les yeux en commençant à s'habituer au faible éclairage qui filtrait çà et là.
— Faut ce qu'il faut quand on est une femme seule ! répondit-elle en faisant un petit mouvement de tête vers son petit arsenal personnel.

Neven jeta un œil à une rangée de couteaux de lancer qui brillaient dans la pénombre.

— Sage disposition.
— Voilà aussi pourquoi tu ne saurais me résister, dit-elle avec un rire en se libérant de sa robe et de son jupon.
Il sourit et défit sa ceinture.
— Je m'avoue vaincu, répondit-il. Je suis sans défense !

Elle lui jeta un regard amusé. Voilà bien des années qu'il n'avait pas batifolé ainsi dans la paille. Il avait le sentiment de renouer avec ses jeunes années. Pâquerette se glissa derrière lui et glissa ses mains sous sa chemise pour glisser sous ses chausses et attraper son sexe et lui donner un aspect plus... utile. Il grogna. Voilà une jeune fille particulièrement entreprenante. L'était-elle avec tous les hommes qu'elle croisait ? Un mouvement des mains fines lui arracha un nouveau grognement. En tous cas, elle savait ce qu'elle faisait. Il passa une main derrière lui pour agripper sa fesse nue et de l'autre la cuisse à côté de lui. Il s'abandonna quelque temps aux caresses intimes de Pâquerette puis glissa une main dans le bas de son dos afin de lui rendre la pareille. Comprenant ce qu'il voulait faire, elle rapprocha ses hanches et tous deux profitèrent de l'instant, chacun faisant monter le désir de l'autre. Au énième gémissement de Pâquerette, Neven n'y tint plus, se débarrassa de ses chausses et se retourna, prit appui sur ses mains et s'allongea sur la jeune fille qui enroula ses jambes autour de lui. Dans un cri de plaisir qu'ils poussèrent à l'unisson, il s'introduisit en elle. Puis, remontant son ventre, il se saisit de ses petits seins tandis que le va-et-vient de ses hanches lui faisait oublier la paille piquante et l'odeur de vin. Pâquerette se mit à onduler sous lui en gémissant et s'accrocha à ses fesses. Elle se cabra et lâcha un « ah ! » satisfait. Neven donna encore quelques coups de reins avant d'atteindre les sommets du plaisir et s'écroula dans un râle pour enfouir sa tête dans les cheveux de Pâquerette étalés sur la paille.

— Eh ben. T'es bien plus doué que la moyenne, mon agneau, dit-elle d'une voix essoufflée. Je vais avoir envie de te garder ! conclut-elle d'une voix taquine.
— Allez, on bouge ! fit une voix au-dehors. Y a personne ici ?
— OUAIS ! ON ARRIVE ! hurla Pâquerette en se dégageant de Neven et en enfilant sa robe.

Bon sang, elle a de la voix, se dit-il en clignant des yeux et en réprimant l'envie de se frotter l'oreille. Il espérait qu'elle n'avait pas endommagé définitivement son audition. Pâquerette lui tapota la fesse.

— Reste ici, mon p'tit agneau. T'en fais pas, ils te trouveront pas.
Il roula sur le dos pour lui attraper la main et y déposer un baiser.
— Merci, dit-il simplement.

Elle sortit de sa petite cachette secrète et il entendit les voix étouffées à l'extérieur de la charrette, qui finit par se mettre en branle au son des sabots des chevaux et du grincement des roues en bois. Toute la structure se mit à cahoter, mais les tonneaux étaient stables et rien ne lui tomba sur la tête. Il renfila ses chausses, remit sa chemise en place, renoua sa ceinture et se rallongea, la nuque calée sur son baluchon. La hauteur sous plafond lui permettait de s'asseoir, mais tant qu'à faire autant se reposer un peu. Cependant, il ne devait pas baisser sa vigilance pour autant. Il ne tenait pas à se retrouver enfermé dans une cave pour servir d'esclave sexuel à Pâquerette pour les années à venir, et vu ce qu'elle était capable de faire, il restait sur ses gardes... Il était certain que ses parents ne connaissaient rien de ses petites habitudes. Et elle n'était pas timide la bougresse. *Peut-être que la perspective d'être attaché à mur pour assouvir ses désirs n'était pas si terrible, après tout...* Au-dehors, les bruits du poste de garde se rapprochèrent et la charrette finit par stopper pendant plus longtemps. Les voix se rapprochèrent.

— Et vous trimballez quoi ? fit une voix grave et puissante.
— Du vin, pour le palais. 'Voulez voir ? fit la voix de Pâquerette.
— Bien sûr, ma mignonne ! en fit une autre.

Il entendit la jeune fille descendre et soulever une partie de la bâche. Il se raidit. Allait-elle le livrer aux autorités ? Mmm... Il ouvrit son baluchon pour poser sa main sur le manche de sa dague à couillettes.

— Range tes mains, le vieux ! Y a rien pour toi là-dessous, fit la voix de Pâquerette à l'extérieur de la charrette.
Un rire gras résonna, la bâche retomba.
— Allez, bougez, on n'a pas que ça à faire ! fit une voix plus autoritaire.

Il y eut un grommellement, Pâquerette remonta dans la charrette et il se détendit en attendant que le véhicule s'ébranle, ce qu'il ne tarda pas à faire. Quelques minutes s'égrenèrent et il entendit taper contre les tonneaux.

— Courage mon agneau ! Les portes de la ville ne sont plus très loin ! fit la voix de Pâquerette.

Et elle avait dit vrai. En un rien de temps, ils furent introduits dans Daemarrel et la carriole s'arrêta. Il attendit que Pâquerette lui fît signe de sortir et se glissa entre les tonneaux quand il vit le bout de bâche se lever. La lumière l'aveugla et il profita de cet instant pour s'épousseter, bien que la paille qui le recouvrait venait parfaire le costume.

— T'es sûr que tu veux partir mon agneau ? T'es de compagnie fort agréable, dit Pâquerette.
— Malheureusement, j'en suis certain, répondit-il.
Pâquerette soupira tristement, mais releva le menton.
— Eh bien, je vais devoir trouver quelqu'un d'autre !
— C'est plus sage. Mais je suis sûr que ce ne sera pas bien difficile. Et merci. Merci pour tout.

Elle lui adressa un clin d'œil et il se saisit de sa main et y déposa un léger baiser, puis elle remonta dans sa charrette et reprit la route en direction de la foire.
Quel voyage. Il était temps pour lui de se trouver un coin où se reposer un peu. Une bonne nuit dans un bon lit, SEUL, voilà ce qu'il lui fallait. Et fort heureusement, les auberges étaient légion dans la capitale de la principauté. Il rentra dans la première qui avait l'air correcte, demanda une chambre, paya le gîte et le couvert pour une nuit sous un quelconque faux nom et s'installa près du feu en attendant de manger, en s'assurant que le gobelin dans le coin sombre s'occupe de ses propres affaires.

— Alors, Neven, tu pensais pourvoir m'échapper hein ? fit une voix à côté de lui.

Chapitre 3

— Pomme, articula Neven. Quelle surprise ! ajouta-t-il en restant aussi neutre que possible.

— N'est-ce pas ? lança la femme aux cheveux de feu qui s'assit en face de lui en posant un broc de vin sur la table.

— Tu es fâchée.

— Tu as toujours été très perspicace, Neven. Mais tu es parti avant de payer ton dû. Et quoi que tu sois venu faire ici, je ne te laisserai pas repartir avant d'avoir eu ce que tu me dois. Ne m'oblige pas à faire courir des ragots dont tu pourrais te passer, dit-elle en jetant un œil alentour. Et ne m'oblige pas à parler d'honneur.

— Pourtant tu aurais raison, répondit-il. Mais en effet, je te serais reconnaissante de rester discrète sur mon identité□ Bien. Mangeons ! Et je paierai mon dû, dit-il en se servant un verre de vin et en le levant, les yeux rivés sur la femme en face de lui.

Pomme lui sourit. Elle se leva en se penchant suffisamment pour mettre son décolleté en valeur et quitta la table. Neven se tourna pour regarder les flammes crépiter dans la cheminée. Adieu la nuit de repos. Mais il ne pouvait en vouloir qu'à lui-même… *Pomme…* C'était des souvenirs qui le ramenaient à quelques années en arrière. Une rencontre éclair tandis qu'il fuyait un royaume en guerre et une de ses promesses de nuit d'amour n'avait pas été tenue. Malgré lui. Ce soir, il ne comptait pas se dérober. Une promesse était une promesse, même si c'était rare qu'on lui coure après pour ça. *Tenace, la Pomme.* Mais Neven n'avait rien promis de plus que cela. Pomme le savait bien. En tous cas, Neven l'espérait, car il n'avait pas prévu de ramener une femme de mission. Constance l'accueillerait

avec une poêle à frire. Ou un manche de pioche. Ou même une hache, elle en était capable.
Neven vit Pomme revenir avec de la viande grillée et des légumes farcis. Elle n'avait pas fait les choses à moitié.

— Tu dois prendre des forces, lui dit-elle avec un clin d'œil et un sourire coquin.

Il lui rendit son sourire avec le même sous-entendu. Il avait bien compris. Et il n'eut pas à attendre longtemps avant de sentir le pied de Pomme remonter le long de ses chausses pour lui masser doucement l'entrejambe. Pomme obtint le résultat escompté assez vite et lui sourit en suçotant un os. Neven eut un petit rire, rendu grave par le désir et il lâcha ses couverts pour se lever tant qu'il le pouvait. Autant éviter l'orgasme en pleine salle à manger. Il toussota.

— Je crois qu'il faut y aller, dit-il avec un regard entendu.
Elle hocha la tête et fit signe à une serveuse pour qu'elle vienne débarrasser, puis elle fit signe à Neven de la suivre.
— J'espère que Monsieur sera satisfait de la chambre, nous sommes connus pour notre service irréprochable, déclara-t-elle à haute voix en traversant la salle.

Il faillit éclater de rire, mais se retint. Il ne fallait pas nuire à la réputation de l'établissement. Même devant un gobelin.
Dès que la porte se fut refermée derrière eux, Neven n'eut pas le temps de prononcer un mot : pour Pomme il n'était plus temps de parler.
Elle poussa Neven sur le lit, et défit sa ceinture d'une main experte et rapide. Si rapide qu'il s'en rendit à peine compte. Et il cligna des yeux, le temps pour Pomme de faire tomber sa jupe et sa chemise.

— Tu ne perds pas de temps, dit Neven avec un sourire.
— C'est que je n'en ai plus à perdre, répondit-elle en lui rendant son sourire.

Elle se posa à califourchon sur lui et fit passer sa chemise par-dessus sa tête. Elle le regarda un instant avant de déclarer :

— Tu as vieilli.
Neven éclata de rire. Il lui attrapa la taille, puis il l'embrassa et lui susurra dans l'oreille :
— Merci.

Il l'enlaça et resta serré contre elle tandis qu'elle se déhanchait de façon à lui rappeler tous les bons souvenirs qu'ils avaient ensemble. Et ça fonctionnait. Il grogna et entama de couvrir sa gorge de baisers. Pomme émit un léger gémissement et posa ses mains sur les épaules puissantes de Neven qu'elle entreprit de masser énergiquement. Neven fit glisser ses mains sur les fesses de Pomme et si agrippa comme si ça vie en dépendait. Elle émit un petit « mmm » satisfait et activa ses hanches de plus belle.
Neven s'écarta légèrement de son visage, la fixa quelques secondes, les yeux dilatés de désir et se jeta en arrière sur le lit, complètement à la merci de Pomme qui s'en donna à cœur joie.
Elle accéléra l'allure au rythme des à-coups donnés par Neven sur ses fesses. Elle sentit une vague de plaisir monter, et se souleva légèrement pour faire glisser l'objet de son désir entre ces cuisses et le conduire à sa destination finale. Neven gémit.

— Tu ne croyais pas t'en sortir si facilement, n'est-ce pas ? susurra Pomme dans un murmure provocant.

Neven laissa échapper un rire grave et profond, chargé d'excitation qui motiva encore davantage Pomme. Elle se pencha pour prendre appui sur ses bras et entama des va-et-vient guidés par les mains de Neven puis d'un seul coup, elle s'arrêta net et fixa Neven avec un regard provocant et un sourire.

— À ton tour, dit-elle en posant sa main sur le haut de son torse puis en faisant glisser un doigt jusqu'au bas de son ventre.

Neven rit et s'assit en enlaçant Pomme. Ils échangèrent un

long baiser durant lequel il caressa son dos jusqu'à remonter à sa nuque et plonger ses doigts dans ses cheveux roux. Puis il attrapa sa taille, glissa au bord du lit et se mit debout avec Pomme les jambes serrées autour de sa taille. Neven pivota pour faire face au lit à nouveau et Pomme se laissa tomber sur le dos quand elle sentit Neven l'encourager à se jeter en arrière pour atterrir sur le lit. Neven demeura un instant debout au bord du lit, donnant des coups de reins tout en maintenant le bassin de sa partenaire à sa hauteur. Pomme s'agrippa au matelas rempli de paille en se cambrant autant qu'elle le pouvait. Sa respiration se faisait de plus en plus courte et Neven sentit un vertige de plaisir le déstabiliser. Il s'agenouilla alors sur le bord du lit et reposa le bassin de Pomme qui se tortilla de plus belle. Neven s'abandonna aux mouvements de sa partenaire en gémissant tout autant qu'elle, et dans un cri de jouissance qui termina en râle, ils atteignirent l'orgasme.
Neven roula sur le côté et ferma les yeux. Il essayait de calmer sa respiration. Pomme poussa un soupir de contentement.

— J'espère que tu n'es pas déçue, après avoir attendu si longtemps, dit-il.
— Non, même si dans tes jeunes années tu devais être plus vigoureux, lança-t-elle avant d'exploser de rire.
Il lui décocha un regard en biais. Au moins, il avait tenu sa parole.
— Je plaisante, ajouta-t-elle. J'espère que la prochaine fois, tu feras ça par pure générosité. Ou par bonté d'âme et non parce que je t'aurai extorqué une promesse.
— Tu ne m'as rien extorqué. En revanche, la prochaine fois, comme tu dis, tu demanderas à ton mari.
Elle ouvrit des yeux comme des soucoupes.
— Oh, ne me regarde pas comme ça. Je crois avoir compris qui tu as mis à faire la vaisselle.
Elle lui lança un regard digne d'un chat feignant l'innocence après avoir cassé un pot.
— Et n'abuse pas de ma générosité ni de ma bonté d'âme. Si je suis ici, c'est pour travailler, tu t'en doutes. Et tu sais quel est le marché.
Elle hocha la tête.

— Je ne dirai rien à personne, confirma-t-elle. Mais...
Il leva un sourcil.
— ... Je ne garantis pas de ne pas te faire des avances si je te
recroise.
Il sourit et l'embrassa une dernière fois.
— Très bien. Faisons cela.

Satisfaite, Pomme se rhabilla, fit un clin d'œil et lança un
baiser dans l'air avant de disparaître derrière la porte. Neven
prit une grande inspiration, relâcha un long souffle, mais ne
s'endormit pas avant d'avoir déplacé une malle devant la porte.
Si personne ne savait encore qu'il était là, Pomme, elle, était
capable de revenir.

Fort heureusement, il n'en fut rien. Neven put jouir d'un
sommeil réparateur, et il en avait bien besoin. Lorsqu'il
descendit dans la grande salle de l'auberge, il la trouva vide
en dehors des pochtrons habituels et vint se placer devant la
cheminée. Pomme arriva sans tarder pour lui poser sous le nez
un copieux petit déjeuner avec un regard en coin et un petit
sourire. Elle ne dit rien cependant et repartit aussi vite qu'elle
fut arrivée. Amusé, Neven jeta un regard en arrière, et la suivit
des yeux pour la voir disparaître dans la cuisine où il aperçut
un petit homme rondouillard en train d'essuyer des verres. Elle
l'avait vraiment mis à la vaisselle. *Ça ne pouvait sans doute pas
lui faire de mal*, se dit Neven en se penchant sur son assiette.
Deux bouchées plus tard, une jeune fille s'assit à sa table.

— Alors comme ça, tu cherches du travail au château ? dit-elle
d'une voix plus adulte qu'il n'y paraissait.

Neven leva les yeux sans comprendre, puis Pomme réapparut
en posant un verre devant la jeune fille et un broc de vin entre
eux deux. Pomme jeta sans ménagement le baluchon de
Neven sur la table et lança un clin d'œil qu'elle espéra sans
doute discret puis repartit vers la cuisine. *Oh. Très bien.*

— Oui, en effet, je suis nouveau dans le coin et j'ai besoin d'un boulot puisqu'apparemment la taulière me jette dehors, car je n'ai plus de quoi payer, répondit-il avec un sourire.
— Elle sait défendre ses intérêts.
— Pour sûr, répondit Neven avec un sourire.
— Une grande fête approche et on a besoin de bras pour aider à la cuisine. Tu te sens d'attaque ?
Neven sourit et avala une cuillerée de son assiette fumante.
— Oui, m'dame.
La jeune fille sourit.
— Très bien. Dans ce cas, dépêche-toi de terminer ton assiette. Et, au fait, moi c'est Rosalie.

Mordieu, elles avaient toutes des noms de fleurs dans le coin ou quoi ? Il engouffra ce qui restait de son petit déjeuner, se remplit un verre qu'il vida et se leva.

— Je suis prêt ! lança-t-il en attrapant son baluchon.
— Parfait. Merci, Pomme ! lança-t-elle en se levant elle aussi et en se dirigeant vers la porte.

Sur le chemin, Neven en profita pour jeter un regard meurtrier à Pomme, qui avait bien manœuvré pour qu'il se sente redevable. La garce. Elle lui fit un grand sourire et le salua de la main. *Sale petite garce.* Puis il sortit en jetant sa cape en laine usée sur ses épaules, concentré sur Rosalie qui zigzaguait dans les rues de la capitale. Elle se retourna une seule fois pour vérifier qu'il suivait bien puis reprit sa route avec un sourire en coin. *Où était-il tombé encore ?*
À l'approche du château du prince, les hauts murs de l'enceinte plongeaient les ruelles attenantes dans l'ombre. Les passants passaient dans un chaos de brouettes, carrioles, cris d'animaux, et harangues diverses. Rosalie longea une partie des murailles et se présenta à une entrée plus modeste que le grand pont-levis de l'entrée principale, qui était là pour en jeter plus qu'autre chose, au final, au vu du peu de sécurité en place. *Tant mieux.* Il pourrait toujours fuir par là.
Un petit pont en pierre enjambait les douves et l'ouverture dans le grand mur d'enceinte du château ne permettait pas

le passage de plus d'une ou deux personnes à la fois. Rosalie continua sa route, entra dans la grande cour du château qui, Neven devait l'avouer, était assez impressionnante. On pouvait dire ce qu'on voulait du prince de Kavell, il avait bon goût en matière d'architecture, même s'il choisissait mal ses ennemis. Rosalie faillit le semer. Se perdre si près du but l'aurait vraiment fait passer pour un crétin et ça n'aurait pas été la meilleure façon de commencer une mission. Il rattrapa la brunette qui se dirigeait vers les cuisines. Il se plaça juste derrière elle quand elle héla la cuisinière en chef.

— Hola, Violette ! lança Rosalie.

Voilà qui confirmait ce que c'était dit Neven. Toutes les filles du coin réunies font un véritable jardin. Il fit son possible pour ne rien montrer de son amusement.

— Je t'amène de la chair fraîche et des bras musclés pour aider Gil !
Elle fit un grand sourire et la Violette en question le détailla des pieds à la tête.
— Parfait ! Il est parfait ! lança la cuisinière. Viens par-là mon biquet ! On a du travail !

Agneau… Biquet… il allait faire le tour de toute la ferme… Il se pressa entre les caisses de vivres et s'appuya contre le manteau de la grande cheminée qui servait à rôtir les porcs et les… hum… agneaux. Il espérait ne pas y passer. Enfin… à la rôtissoire… parce que sinon, la cuisinière, elle, lui plaisait bien. Avec ses cheveux blonds coincés sous son bonnet, ses hanches larges et sa belle poitrine… *Hum.* Et c'était compter sans ses fesses, qui avaient l'air bien rebondies. *On se concentre.*

— Que puis-je faire pour vous, Madame Violette ? dit-il avec un grand sourire et l'air le plus décontracté possible.
— M'appelle pas Madame, mon p'tit poulet. Violette, ça suffit, tout le monde fait comme ça ici. Mais te méprends pas ! C'est moi qui décide ici, et si tu fais pas le boulot, tu retourneras de là où t'es venu, c'est compris ?

Il hocha la tête.

— Oui, Violette ! répondit-il avec le plus grand sérieux.
— Parfait. Alors maintenant, tu te poses devant ce sac de pommes de terre et tu me les épluches ! déclara-t-elle en lui collant un couteau dans la main et en lui montrant l'autre bout de la cuisine d'un index déterminé.

Il prit le couteau et fit demi-tour pour accomplir sa mission : la corvée de patates. Si une manticore ne lui faisait pas peur, il n'allait pas s'évanouir devant un sac de pommes de terre. Il trouva le sac, qui était difficile à rater, et attrapa un tabouret pour se mettre au travail. À peine avait-il jeté sa troisième pomme de terre pelée dans une bassine qu'un deuxième tabouret claqua sur les dalles en terre cuite et les petites chaussures de Rosalie refirent leur apparition. *Allons bon.*

— Enfin un compagnon digne de ce nom. T'es quand même bien plus agréable à regarder que le vieux Gil, déclara-t-elle en le collant littéralement.
Ils épluchaient désormais les légumes avec les genoux et les coudes jouant à touche-touche. *Pauvre Gil,* se dit-il.
— Rosalie ! Je te laisse la cuisine cinq minutes, je vais livrer ! lança Violette.

Aussitôt dit, aussitôt fait. Elle empoigna une caisse remplie de sa dernière fournée de Neven ne savait pas quoi (mais ça sentait bon), et elle fut partie. Et ce fut sans doute à la grande joie de Rosalie.

— Très bien ! Alors beau brun, qu'est-ce que tu fais dans le coin, hein ? demanda-t-elle en se rapprochant encore plus.

Ils étaient maintenant collés côte à côte et Neven pouvait sentir l'odeur d'herbes aromatiques qui imprégnaient les vêtements de la jeune fille. Il sentait également la peau chaude de sa cuisse contre la sienne et son épaule frôler régulièrement son bras.

— Eh bien... Je suis parti de chez moi, car on voulait me forcer à épouser une fille que je n'aimais pas, déclara-t-il avec l'air le plus piteux qu'il ait en rayon.

En général, quand il l'utilisait, il pouvait dire n'importe quoi, un "ooooh" de pitié suivait.

— Vraiment ? Un grand garçon comme toi ?

Bon d'accord, peut-être que ça ne marchait pas tout le temps.

— Même les grands garçons comme moi rêvent du grand amour.

Bon, ça c'était osé, mais si elle ne tombait pas dans le panneau après ça, il ne savait plus quoi faire. Elle le fixa sans rien dire pendant un instant, les yeux sur ses pommes de terre.

— Et pour le reste ? demanda-t-elle soudain.

— Le reste ? répéta-t-il sans comprendre en levant un sourcil.

— Le reste, déclara-t-elle en appuyant ses mots par une caresse remontant sa cuisse.

— Hum... heu... disons que je pratique sans restreindre le nombre de mes partenaires, se contenta-t-il de dire.

Une certaine dose d'honnêteté lui nuirait peut-être dans l'immédiat si jamais Rosalie se fâchait, mais si jamais ça passait... peut-être relâcherait-elle la pression.

— MMmmm... je vois, fit-elle avec une petite moue boudeuse. Eh bien, j'espère que tu me laisseras ma chance un de ces quatre. Et ne crois pas que je n'ai pas vu comment tu regardes Violette, ajouta-t-elle en pinçant la bouche.

Super. Maintenant, il enviait Gil. *Jarnicoton.*

— Ce n'est pas parce que je la regarde que je vais lui sauter dessus.

— Mouais. Je lâche pas l'affaire quand même, mon petit chat.

Sur ce, elle abandonna ses pommes de terre et quitta la cuisine au moment où Violette revenait. Il allait devoir finir tout seul. *Pffff.*

Chapitre 4

Les quelques jours qui suivirent passèrent vite pour Neven. Il s'activait le jour à la cuisine à bouger des caisses la plupart du temps, tant et si bien qu'il avait fait tomber la chemise, tant pis pour les regards appuyés de Rosalie. Et la nuit, il prenait ses repères autant que possible dans l'enceinte du château.

Entre quelques déménagements de caisses et épluchages de légumes, il tentait de faire connaissance avec autant de personnes qu'il le pouvait. Qui faisait quoi, où, comment Mais pour l'instant, ses renseignements étaient sommaires.

Mais à chaque nouvelle journée, ses nouveaux problèmes. Et aujourd'hui n'allait pas déroger à la règle. Apparemment, les festivités n'étaient pas avant une lune, ce qui lui laissait un peu de temps. Mais la cuisine croulait à présent sous les arrivages incessants de fruits et Violette avait lancé les confitures. La cuisine était chaude comme les derniers cercles de l'enfer. Neven aurait pu enlever les chausses aussi... si Rosalie n'avait pas été là. Il avait quand même surpris un ou deux regards de Violette. Elle faisait comme si elle l'ignorait, mais il n'était pas dupe. Aussi ne se priva-t-il pas de tenter quelques rapprochements, l'air de rien. Enfin... Si Violette semblait ne rien remarquer, Rosalie n'en ratait rien, et lui jeta plusieurs fois des regards pleins d'éclairs, tant et si bien qu'elle finit par quitter la cuisine aussi vite qu'elle le put après avoir fini son travail.

Violette invita Neven à l'aider à remuer la confiture à ses côtés. Deux grandes marmites en cuivre étaient posées sur un grand fourneau et tous les deux s'activaient sur de grandes cuillères en bois qu'ils tournaient pour remuer les confitures. Les odeurs de mirabelles et d'orange se mélangeaient à l'odeur de sucre caramélisé, et donnaient envie à Neven de manger une énorme tartine.

— Attention ! Tourne bien dans le même sens et passe bien au fond, lança Violette en lui empoignant la main.

Mais dès qu'elle l'eut touché, sa voix se mit à trembler et elle retira sa main comme si elle s'était brûlée. Neven ne put s'empêcher de sourire... mais il ressentit un frisson et eut soudain la chair de poule. Violette ne put s'empêcher de le remarquer. Difficile, quand elle avait autant de peau nue sous les yeux et encore plus difficile de penser que c'était dû au froid quand il faisait une chaleur sans nom près des fourneaux. Clairement, c'était elle qui lui avait fait cet effet-là et cela la perturba plus qu'elle n'osait le dire. Depuis quand ça ne lui était pas arrivé ? Autant ne pas compter, ça faisait trop longtemps de toute façon. Tout ça lui embrouilla la cervelle. Ou au contraire, tout fut clair en un instant. Elle vint se coller à son côté tandis qu'il continuait à remuer les fruits en train de cuire dans son chaudron comme elle le lui avait montré, et elle posa une main sur son avant-bras pour continuer à guider son geste et l'autre sur son omoplate. Elle sentit ses muscles bouger sous la peau et elle le vit se mordre la lèvre.
Sans savoir où elle avait trouvé le courage de faire le premier pas, elle descendit sa main de l'omoplate à la taille de Neven, en le frôlant à peine. Elle crut l'entendre grogner. Peut-être avait-elle rêvé. Elle resta ainsi, sans savoir de quoi la minute qui suivrait serait faite, mais profitant un maximum de l'instant : son corps contre celui de cet homme et leurs peaux en contact, sa main dans le creux de ses reins elle se demanda à quoi il ressemblait nu. À cette idée, elle rougit, en tous cas elle fut certaine de rougir. Elle s'était mise à caresser le bas du dos de Neven sans même s'en rendre compte et ce dernier n'y tint plus.
Il lâcha la cuillère en bois, qui tomba dans la mixture de sucre bouillonnant dans l'indifférence générale, puis il pivota doucement vers elle pour lui prendre la taille d'une main et lui caresser la joue de l'autre. Elle était presque collée à son torse et son visage se penchait sur elle. Il était si près. Elle voulait tant poser sa main sur cette barbe naissante, et ses

lèvres sur les siennes... Elle voulait... Son cœur s'emballait tant qu'elle avait l'impression de ne plus rien entendre d'autre dans la cuisine. Il plongea son regard dans le sien.

— Violette, nous avons deux options, dit-il d'une voix rauque.

Elle était pendue à ses lèvres. Sa voix l'envoûtait. Elle le fixa en retour pour lui intimer de continuer. Ses pupilles dilatées par le désir.

— Soit vous me laissez vous embrasser, et vous et moi allons devenir extrêmement intimes, soit vous me giflez et je continue de remuer la confiture, conclut-il.

Elle se rapprocha doucement et l'enlaça en levant la tête vers lui, la bouche entrouverte. Il la fixait de son regard sombre, la main sur sa taille s'était faite plus pressante, mais pas contraignante.

— j'aurai toujours le loisir de te gifler quand la confiture aura brûlé à cause de toi. Pour l'instant, occupe-toi de m'embrasser plutôt.

Neven eut un rire rauque et ne se le fit pas dire deux fois. Leurs lèvres se joignirent brutalement dans un baiser affamé et charnel, leurs corps se collèrent l'un contre l'autre tout en s'explorant de leurs mains.
Violette avait le cœur sur le point d'exploser et se sentait au bord de 'évanouissement. L'émotion, le désir, la chaleur. Le cœur qui bat. Était-ce vraiment le sien ? Le corps massif de Neven, ses mains larges et rêches courant de sa nuque à ses fesses. Ses fesses. Cela faisait trop longtemps qu'elle en avait envie. Elle descendit ses mains, glissant de son dos pour épouser la courbe des fesses de Neven et les pressa pour le coller à elle. Il grogna, lui empoigna la taille et la souleva pour l'asseoir sur une pile de caisses. Elle grogna aussi et l'enserra de ses jambes.
Neven dénoua le tablier de Violette afin de pouvoir se glisser sous sa tunique et saisir ses seins. Au contact de ses mains

sur ses mamelons, il l'entendit gémir et réprimer un « oui ! ». Elle se cambra, se penchant en arrière afin de laisser le champ libre à Neven afin d'explorer sa poitrine. Prenant chaque sein dans une main il entama de masser les tétons gonflés et durcis de Violette, qui agrippa ses chausses pour en défaire le lien qui tenaient le vêtement à sa taille. En quelques coups de reins combinés, le tissu lui glissa sur les genoux, libérant son sexe. Neven lâcha les seins de Violette pour soulever sa jupe et se coller contre son corps pour le découvrir aussi ardent de désir que le sien. Il étouffa un gémissement commun dans un autre baiser fougueux, plongeant ses doigts dans ses cheveux, tandis que Violette lui saisissait les fesses. D'un coup de bassin, il fut en elle.

Elle crut défaillir. Elle aurait pu rougir de cette situation si elle n'en ressentait pas autant de plaisir. Plus rien de ce qui se passait autour n'avait d'intérêt, elle se laissait dériver dans un océan de sensations délicieuses, de vagues brûlantes qui allaient et venaient, l'amenant au bord de la jouissance, encore et encore. Elle sentait ces mains sur elle, et elle entendait ce râle excité qui lui donnait encore plus envie que cet instant dure une éternité. Elle avait l'impression de flotter et pourtant elle sentait son corps se dresser et onduler au rythme des assauts de son partenaire. Elle le sentit soudain se raidir.

— Violette ! lâcha-t-il dans un râle.
— Oui ! répondit-elle en se cambrant autant que possible et en s'abandonnant à la jouissance.

Ils crièrent tous les deux de plaisir et il l'enlaça. Il reprit un peu son souffle et replaça une mèche de cheveux derrière l'oreille de Violette et dit :

— Je vais m'occuper de la confiture.

Elle rit et l'attira à lui pour l'embrasser. Elle l'entendit grogner tandis qu'elle recommençait à onduler des hanches. Il s'écarta de ses lèvres, planta son regard dans le sien et murmura :

— Ah... tu veux me mettre à genoux, c'est ça ?

Mais incapable de résister à l'invite, il recommença à donner des coups de reins, de plus en plus fort. Violette souriait de sa propre audace autant que du plaisir qu'elle ressentait.
Neven se retira soudain et Violette lâcha un râle de frustration. Il la souleva, la mit debout et la fit pivoter avant de se coller contre ses fesses. Surprise, elle prit appui contre les caisses. Mais sans lui laisser le temps de dire un mot, il glissa sa main entre ses cuisses pour trouver son sexe. Au gémissement qu'elle poussa en se cambrant, il pouvait dire qu'il avait trouvé. Il la caressa doucement et elle se mit à gémir et à haleter en s'agrippant aux caisses. Dans le même temps, il attrapa un sein et entreprit de couvrir sa nuque de baisers. Violette se tordait sous les caresses des doigts de Neven en gémissant.

— Ah ! cria-t-elle soudain au comble de la jouissance.

Neven la sentit arrêter de bouger sous ses doigts et contre son sexe. Il retira sa main et s'écarta, puis remonta son pantalon et se le rattacha à la taille. Il la regarda se recoiffer et l'aida à rajuster sa chemise. Il lui embrassa la joue et se retourna vers les marmites bouillonnantes et ce faisant, croisa le regard noir de Rosalie.
Ah. L'ambiance n'allait pas s'améliorer... Mais avant qu'il ait pu ouvrir la bouche, elle pivota pour filer dans la remise.
Neven soupira et se précipita vers les marmites pour voir l'étendue des dégâts. Il n'était pas un nez, mais à première vue, rien n'avait brûlé... *Ouf.* Pas toutes les catastrophes en même temps, merci. S'il devait sauver une princesse, autant ne pas se faire jeter au cachot pour une raison aussi débile.
Violette le rejoignit avec un clin d'œil et vérifia elle aussi le sucre bouillonnant avec un air satisfait. Neven poussa un soupir soulagé qui fut interrompu par la voix de Rosalie.

— Violette !

Cette dernière, surprise, leva un sourcil et se tourna vers la réserve d'où semblait venir la voix.

— Rosalie ? Que se passe-t-il ?

Il y eut un court silence. Rosalie sortit de la réserve pour revenir dans la cuisine et annonça :

— L'étagère aux épices…
— Quoi ?
— La moitié des pots a disparu !

Il y eut un long silence et ils se regardèrent interdits.

— Appelle Gil ! lança Violette qui se précipita dans la réserve pour voir ça de ses propres yeux.

Chapitre 5

Gil débarqua en quatrième vitesse tandis que Violette faisait la liste des pots manquants. Elle était passée de l'angoisse à la colère, et on la sentait prête à pendre elle-même par les pieds quiconque avait commis ce larcin. *Foutrecuisse ! Ventrebleu ! Nom d'un dragon !* Ça allait sévèrement chauffer. Et Neven n'avait pas envie de se trouver au milieu.
À peine Gil fut-il mis au courant qu'il se tourna vers Neven avec un regard interrogateur. Ce dernier, outré, reprit vite son calme.

— Certainement pas, je tiens à garder ma place !
Rosalie grimaça.
— Oui, on comprend pourquoi, lança-t-elle avec un regard désapprobateur qu'elle fit passer de Neven à Violette.
Violette, quant à elle, se hâta de clamer haut et fort ses convictions.
— Non. Gil, tu fais fausse route. Ce n'est pas lui, j'en suis certaine.

Neven fut soulagé d'avoir du soutien, mais il sentait que le vent allait tourner sous peu s'il n'y mettait pas son grain de sel.

— Je n'y suis pour rien, confirma-t-il. Laissez-moi au moins une chance de le prouver. Je vais les retrouver.
Il y eut un silence.
— Tu vas les retrouver ? s'exclamèrent-ils en chœur.
— Et comment ? demanda Rosalie.
— Je ne sais pas trop encore, se risqua-t-il à dire afin d'en dévoiler le moins possible. Mais je suppose que toi, tu peux m'aider.

— Moi ? bredouilla Rosalie.
Tous les yeux se tournèrent vers elle.
— Tu as forcément vu quelque chose. Allez, montre-moi d'où tu venais, ce que tu as fait et qui tu as vu.
Il se dirigea vers la sortie et se figea an se rendant compte qu'elle ne suivait pas.
— Alors ? Tu veux m'aider ou pas ?

Rosalie regarda Violette, puis Gil. Elle était coincée, et elle n'aimait pas ça. Elle n'avait pas spécialement envie d'aider Neven, mais elle ne pouvait pas laisser Violette dans les ennuis.

— Bon d'accord, lança-t-elle. Je vais t'aider.

Violette sourit et Gil croisa les bras, puis Rosalie trottina pour rejoindre Neven qui renfilait sa chemise et tous deux sortirent de la cuisine. Une fois dehors, elle lui attrapa le bras pour l'arrêter. Il se figea et se retourna vers elle, le regard interrogateur.

— Tu crois que je suis bête ou quoi ? lança-t-elle avec un regard noir.

Elle avait posé ses poings sur ses hanches et le toisait avec mécontentement. Il fronça les sourcils.

— Ah ! Faut croire que oui... répliqua-t-elle.
— De quoi tu parles ?
Elle prit une inspiration et jeta ses mèches brunes en arrière d'un mouvement de tête.
— T'es qui ?
Elle ne lui laissa pas le temps de répondre et enchaîna.
— Me fais pas croire que t'es un gentil petit garçon de cuisine qui cherche du boulot ou je sais pas quoi. Si tu crois que j'ai jamais vu à quoi ça ressemble un chevalier torse-poil, t'as la cervelle d'un troll. À moins bien sûr que tu aies eu à affronter des citrouilles maudites armées jusqu'aux dents et qui défendaient leur vie pour pas finir en tarte aux épices.
Neven se raidit et jeta un regard alentour. Personne ne semblait

les avoir remarqués. Il s'approcha d'elle et s'adressa à elle à voix basse.

— D'accord, marchons.

Elle lui jeta un regard dubitatif, mais le suivit.

— Je veux bien jouer le jeu, mais seulement si tu aides vraiment Violette. Je ne veux pas qu'elle ait d'ennuis.

— Moi non plus, dit Neven d'une voix douce qu'il voulait rassurante.

Et il lui posa une main sur l'épaule et elle posa son regard sur celui du chevalier, comme pour lui sonder l'âme.

— D'accord, répondit-elle. Je suppose que tu ne me diras pas pourquoi tu es là ?

— Non, ça vaut mieux.

— Mais tu veux aider Violette.

— Oui.

— Bon. Par quoi on commence alors ?

— Tu vas me raconter tout ce que tu as fait et vu avant de découvrir les pots manquants.

— Tout ? dit-elle avec une voix chargée de sous-entendus. Parce que j'ai passé un moment très agréable avec le fils du maréchal-ferrant, ajouta-t-elle avec un petit rire.

Neven soupira.

— Non, ça, ce ne sera pas la peine.

— Vraiment ? Mmm... donc je dois te raconter tout, ou presque, ce que j'ai fait pendant que toi et Violette vous amusiez en petit comité.

Elle soupira et croisa les bras dans une attitude boudeuse et Neven lui jeta un regard sévère.

— Très bien, enchaîna-t-elle. Mais je ne sais pas si ça va vraiment aider. Je suis sortie de chez Hugon, j'ai croisé Madette qui travaille au château et on a discuté de... trucs. Hum

Elle baissa les yeux et lissa sa jupe.

— Puis... je sais pas. Je suis arrivée et vous étiez en train de forniquer et je suis entrée dans le garde-manger et voilà.

— C'est tout ?

— Oui. Je me suis pris Gaubert dans les pattes en arrivant, mais oui.

Son visage s'affaissa soudain.

— Oh, s'exclama-t-elle en réalisant ce qui s'était passé. Il

courait sans regarder devant lui, il... il tenait quelque chose. Sur le moment je n'ai pas fait attention... Mais pourquoi aurait-il fait ça ?
— Et si on allait lui demander ?
— On est d'accord que sans Violette dans le tableau je t'aurai fait chanter pour me trousser derrière un arbre ? lança Rosalie sur un ton innocent.

La perspective ne déplaisait pas tant que ça à Neven, mais il ne le lui aurait avoué pour rien au monde. Mais il devait être honnête, même s'il lui préférait Violette, Rosalie avait une petite poitrine fort sémillante et de jolies cuisses qu'il imaginait très bien enroulées autour de sa taille.

— Hum. On est d'accord. Mais tu as du respect pour Violette alors tu préfères tenter de me séduire parce que tu trouves ça moins malhonnête. On est d'accord ?
— On est d'accord ! répondit-elle avec un grand sourire en relevant le menton. Et j'ai mes chances ?
— Peut-être, murmura-t-il à voix basse avec un sourire.
Mais elle n'en perdit pas une syllabe.
— Bien. Dans ce cas, c'est par ici «chevalier», dit-elle en montrant le chemin vers les écuries.

Il fit une moue désapprobatrice et elle y répondit par un rire gai. Il n'était pas sorti de l'auberge. Pourvu que cette fille ne lui mette pas des bâtons dans les roues.
Arrivés aux écuries, pas de gamin en vue. Rosalie était sur le point de s'époumoner pour crier son nom quand des gémissements attirèrent leur attention. Neven voulut faire demi-tour, mais Rosalie lui prit la main et l'entraîna entre les box des bêtes, les mangeoires et les tas de foin. Rosalie ralentit l'allure et les gémissements ne laissaient plus de place au doute. Neven lui attrapa le bras et l'entraîna dans un box vide pour se cacher. Ils n'eurent pas le temps de penser à la suite du programme qu'un râle s'éleva :

— Oh ! Gwen ! Encore !

Il y eut un grognement, quelques bruits éloquents et du bruissement de paille.

— N'importe quoi pour votre service, Dame Philémina !
Et les grognements et les gémissements reprirent.

Rosalie fit mine de pouffer, Neven fronça les sourcils, se releva et tira Rosalie hors de l'écurie.

— Quel dommage, nous aurions pu passer un charmant moment dans la paille, lança-t-elle en époussetant les chausses de Neven.
Ce dernier recula.
— Ça suffit. Je dois te rappeler pourquoi nous sommes là ? lança-t-il avec un ton de reproche.
— Non ! Merci, répondit-elle boudeuse. Il doit bien être quelque part ce gamin.
Elle s'élança pour contourner le bâtiment et Neven courut derrière elle.
— Ah ! Tu vois ! s'exclama-t-elle en montrant du doigt un garçon fluet qui devait bien avoir une douzaine d'années. Hey ! Gaubert !

Au moment où ce dernier se retourna et aperçut Rosalie, on put lire la panique sur ses traits. Il laissa tomber le seau d'eau qu'il était en train de remplir et partit à toutes jambes.
Neven réagit aussitôt et attrapa le môme au collet en quelques enjambées.

— S'il vous plaît, s'il vous plaît ! Me battez pas ! Je voulais pas ! J'ai pas eu le choix ! geignait-il.
Rosalie les rejoignit.
— Alors rends ce que tu as pris ! Tu n'as pas honte ? Tu as pensé à Violette ?
— J'ai pas eu le choix ! Je vous le jure. Et je veux pas de mal à madame Violette.
— Rends ce que tu as volé ! fit Neven d'une voix grave et sévère.
Le petit se ratatina.
— J'peux pas, dit-il d'une voix tremblante et à peine audible.

— Comment ça tu peux pas ? cria Rosalie.
— C'est pas pour moi que je l'ai pris. C'était pour Dame Philtruc,
elle m'a donné trois sous pour aller les lui chercher. Elle m'a dit
que c'était un secret. Je pouvais pas lui dire non... Je voulais
pas faire de mal, me punissez pas.
— Arrête de geindre, lança Rosalie. Dame qui ?
— Dame Philmachin.

Neven jeta un regard entendu à Rosalie, qui lui fit un sourire en
coin au souvenir des gémissements dans l'écurie. Neven lâcha
le gamin qui ne se fit pas prier pour détaler.
Rosalie pinça les lèvres d'un air satisfait et se mit à sautiller en
levant le menton.

— Alors ? fit-elle sur un ton de donneuse de leçon. Qui avait
raison ?
— Ne me fais pas croire que tu savais déjà tout ça.
— Non, mais ça confirme qu'il faut toujours s'occuper des
affaires de fesses des autres, dit-elle avec un clin d'œil.
Et elle lui saisit le bras à son tour pour l'entraîner à nouveau
vers l'écurie. Neven se laissa entraîner malgré ses réticences.
— Elle a forcément le sac d'épices avec elle ou pas loin, le
gamin a à peine eu le temps de foncer le déposer pas loin ou
lui donner en main propre avant... qu'elle ne prenne du bon
temps avec notre ami le palefrenier.
— Une dame et un palefrenier ? Est-ce ainsi qu'on grimpe
l'échelle sociale chez vous ?
— Et pourquoi pas ? répondit Rosalie avec provocation.
— Ma chère, dans ce cas, que n'êtes-vous pas reine ? demanda-
t-il en riant.
Elle lui donna un coup de coude.
— Odieux personnage !

Mais elle éclata de rire aussi. Elle lui lâcha le bras pour lui prendre
la main et ils entrèrent dans l'étable où les gémissements
n'avaient pas cessé.
Rosalie fit un «oh» silencieux et Neven mit son doigt devant
sa bouche pour lui intimer le silence, ce à quoi la jeune fille
répondit par une grimace feignant l'évidence.

Ils se faufilèrent à nouveau entre les chevaux et les auges afin de s'approcher au plus près sans se faire remarquer. Ce qui, au final, ne fut pas si compliqué, car le couple faisait suffisamment de bruit pour couvrir leur arrivée.

Les «oh» les «ah» et les «encore» se faisaient de plus en plus saccadés et Neven sentit l'urgence de la nécessité d'agir. Il se plaça contre le mur du box dans lequel le couple s'activait, se baissa au ras du sol et jeta un coup d'œil prudent à l'intérieur. À gauche, à droite. *Parfait !* Le sac était là. Bon. Le plus simple était de ramper doucement pour attraper le sac et repartir en sens inverse.

Rosalie s'accroupit à côté de Neven, qui revint et lui intima l'ordre silencieux de rester là sans faire de bruit. À sa grande surprise, cette dernière hocha la tête sans discuter, mais il n'avait pas le temps de s'occuper des détails. Il s'assit par terre et se mit sur le dos afin de glisser facilement en poussant sur ses jambes le long de la palissade de bois. Il y était. Les gémissements et les grognements entremêlés emplissaient l'espace et commençaient à avoir un effet indésirable sur Neven qui sentait, malgré lui, son entrejambe inspiré par cette musique. *Concentre-toi.* Il y était presque. *Encore un peu.* Il poussa sur ses jambes, il tira sur son bras. Il pouvait toucher le sac en toile, il était sûr que c'était ça. Qu'est-ce que ça aurait pu être d'autre ? *Allez. Oui !* Au moment même où sa main se refermait sur le tissu rugueux de l'objet tant convoité, il sentit une pression sur son bassin. *Bon sang.* Elle n'en ratait vraiment pas une, celle-là ! Neven tira doucement le sac à lui tandis qu'il sentait Rosalie onduler sur son sexe qui exprimait sa totale satisfaction de la situation et sa frustration d'être piégé dans les chausses. Il réprima un grognement. Il tira encore le sac à lui tout doucement, craignant de faire tinter les pots entre eux ou pire : qu'ils s'ouvrent et répandent leurs contenus. Et pendant ce temps, Rosalie était assise à califourchon sur lui à prendre du plaisir en solitaire tout en le torturant. N'y tenant plus, Neven profita d'un «Oh oui» sonore pour tirer le tout à lui et glisser en arrière. Puis il releva le torse pour s'asseoir et jeter un regard furieux à Rosalie. Cette dernière n'en eut cure. Il la trouva une main dans sa jupe et une se caressant les seins, la tête renversée en arrière et se mordant la lèvre inférieure. Il la renversa dans la paille au moment où elle donna un coup de hanches, et que son corps se raidit dans l'orgasme. Quand elle fut sur le dos avec lui au-dessus d'elle, tout son corps s'était relaxé et elle avait sa main posée sur les chausses de Neven tendu par son sexe en érection. Elle avait entrouvert sa bouche humide et rose et il était tiraillé entre la colère et le désir et l'envie soudaine de l'embrasser. *Non.* Hors de question de céder. Neven se releva, attrapa le sac rempli de pots divers et quitta l'étable, laissant derrière lui Rosalie étalée dans la paille avec un sourire satisfait sur le visage.

Chapitre 6

Neven ne décolérait pas. Cette fille ne perdait vraiment aucune occasion de vouloir le coincer. Était-elle tant que ça en manque d'activité physique ? Elle n'avait qu'à porter les caisses si ça pouvait la calmer, se disait Neven en marchant au pas de course vers la cuisine. Il avait abandonné cette maudite Rosalie derrière lui et peu lui importait qu'on la trouve affalée dans la paille. De toute façon, c'est lui qui avait les pots à la main et il allait de ce pas les rendre à Violette qui devait se faire un sang d'encre.

Il n'eut d'ailleurs pas posé le deuxième pied dans la cuisine que cette dernière lui sauta dessus.

— Alors ? Des nouvelles ? demanda-t-elle d'une voix angoissée.
Il lui fit un sourire et lui tendit le sac avec les pots.
— C'est bien ça ? demanda-t-il inquiet.
Elle lui arracha le sac des mains et farfouilla dans le sac avec des yeux écarquillés et en poussant des cris de joie. Elle reposa le tout, fit une pirouette et se jeta dans ses bras.
— Comment as-tu fait ? demanda Violette.
— C'est grâce à moi ! lança Rosalie dans le dos de Neven avant même qu'il ait pu ouvrir la bouche.
Neven fit une moue pleine d'ironie.
— En effet, répondit-il en ignorant la nouvelle venue. Heureusement qu'elle est moins bête qu'elle en a l'air !
— Oh ! s'exclama Rosalie vexée avant de partir bouder dans un coin.

Violette et Neven éclatèrent de rire. Violette entreprit de vider le sac et ranger ses pots à leur emplacement d'origine.

— Mais pourquoi une dame de la haute piquerait des herbes ?
— Elle fait elle-même ses ragoûts ou quoi ? demanda naïvement Neven. Et elle a sûrement les moyens de s'en acheter...
— Je ne crois pas que ce soit ça qu'elle ait eu à l'esprit... répondit Violette en lui tendant un bout de parchemin griffonné.
Neven plissa les yeux pour le déchiffrer.
— C'est plutôt une recette de potion d'amour ou un truc du genre, lança Violette avant qu'il ait pu arriver à la même conclusion. Et à mon avis elle est pressée.
— Quelle tristesse... railla Neven en enlaçant Violette.
— Je vous vois ! lança Rosalie de l'autre bout de la cuisine.
— Je ne savais pas que je devais me cacher ! lui lança Violette tandis que Neven faisait la grimace.

Rosalie tira la langue et quitta la cuisine, avec la même moue boudeuse sur le visage.
Neven attira Violette à lui pour l'embrasser. Elle avait encore ce satané bonnet vissé sur la tête qui lui emprisonnait toutes ses jolies mèches blondes. Il glissa sa main sur la nuque de Violette et saisit le bonnet pour le lui ôter et le jeter par terre.
Violette protesta mollement avec un rire étouffé par les lèvres de Neven collées aux siennes dans un ballet sensuel. Ses cheveux tombèrent sur ses épaules et Neven y enfouit sa main. Ils étaient doux et des effluves enivrants de citron et de lavande s'en échappaient pour lui titiller les narines. Il se recula légèrement et parla à quelques millimètres de ses lèvres.

— Violette, je vais devoir partir.
Elle se figea et écarquilla les yeux. Ses, mais agrippèrent la tunique de Neven. Sa respiration se bloqua.
— Pourquoi ? murmura-t-elle d'une voix légèrement tremblante.
Il ne répondit pas de suite.
— Que se passe-t-il ? insista-t-elle.
— Je n'aime pas attirer l'attention sur moi.
Violette se recula.
— Comment ça ? Tu... tu crois que cette histoire d'épices qui disparaît...
— Non, coupa Neven en secouant la tête. Non, ce n'est pas un coup monté. Mais je ne veux pas être dans les environs quand

ça se reproduira. Parce que ça se reproduira.
Violette baissa les yeux avec un soupir.
— Les vieilles de la haute ont des lubies. Tu ne vas pas partir
pour si peu ?
Neven eut un petit rire désabusé.
— Non.
— Alors ?
— Alors je dois partir parce que j'ai quelque chose à faire et
que c'est le bon moment. Et je ne voulais pas partir sans te le
dire.
Violette soupira et sourit.
— C'était trop beau pour être vrai.
— Ne dis pas ça. C'est vrai, tout est vrai.
— Pardon. Ce n'est pas ce que je voulais dire. Je voulais juste
dire que c'était trop bien pour que ça dure.
Elle releva le menton et plongea son regard dans le sien.
— D'accord, ajouta-t-elle. Et tu vas loin ?
— Pour l'instant ? Non. Je dois entrer dans le château.
Il la fixa à son tour et se rapprocha d'elle pour l'enlacer.
— Bien, murmura-t-elle. Dans ce cas, il me semble que nous
avons encore la nuit devant nous et que la solution nous
apparaîtra au matin, conclut-elle avec un sourire.
— Nous ?
Violette se serra contre lui.
— Oh oui. Je ne vais pas te lâcher comme ça dans la nature.
Tu veux entrer au château ? Tu vas entrer au château. Mais
d'abord, tu me dois des adieux en règle.
— J'adore faire les choses dans les règles, répondit Neven avec
un baiser qui annonçait une nuit agitée.

Violette lui attrapa la main et le tira derrière elle vers sa
chambre sous le regard noir de Rosalie dont la présence
n'alerta personne...
Neven entendit à peine la porte se fermer derrière lui, que
Violette se collait à lui si violemment qu'il fut collé au mur.
Un petit rire excité lui échappa et il entreprit de se débarrasser
des jupons de Violette qui passait ses mains sous sa chemise
pour lui caresser la poitrine. Il s'abandonna un instant à ce
toucher et plongea son visage dans les cheveux de Violette

pour y retrouver l'odeur du citron. Les jupons tombèrent sur le sol dans un bruit étouffé et Violette agrippa la chemise de Neven pour la lui passer au-dessus de la tête et la jeter derrière elle. Neven s'empressa de faire de même tandis que Violette finissait de défaire ses chausses.

Enfin ils étaient là, contre ce mur, nus, l'un contre l'autre et animés tous les deux par le même désir ardent.

Neven laissa glisser ses doigts le long du dos de Violette jusqu'à saisir ses fesses pour la soulever. Elle s'accrocha à son cou dans un cri d'amusement et de surprise et se laissa porter jusqu'au lit.

— Quoi ? Pas d'acrobaties au programme ? lança-t-elle sur un ton de défi.

Il se coucha sur elle avec un sourire.

— Rien de tel pour le plaisir que le confort, répondit-il avec un baiser.

Quoi que Violette eût voulu répondre se perdit contre les lèvres de Neven.

Neven glissa une main sous la nuque de Violette et tout en continuant à savourer ses baisers, la pénétra d'un coup de reins et profita de cette sensation de bien-être, de bonheur et de plaisir pendant un instant, immobile, ses mains dans les cheveux de Violette et les mains de Violette caressant ses fesses. Il émit un grognement et donna un autre coup de reins. Violette se cambra contre lui et fit pression sur ses fesses. Elle enroula ses jambes autour de lui et il avait l'impression de ne plus faire qu'un. Il entama de couvrir son cou de baisers et il sentit un frisson le parcourir sous l'effet du souffle de Violette sur sa poitrine. Quand sa bouche se posa sur la peau frissonnante de Neven, il ne put retenir l'envie d'accéder au plaisir. Il se releva sur ses bras et se cambra autant que possible en enchaînant les coups de reins. Violette l'accompagna en se cambrant au même rythme que lui et ils ondulaient en rythme tandis que le plaisir ne cessait de monter. Il sentit Violette se crisper et s'accrocher à lui dans un cri et le bruit de sa jouissance lui fit perdre pied. Il s'abandonna au plaisir dans un râle rauque et s'effondra sur sa compagne.

— Tu crois que tu vas t'en tirer comme ça ? demanda Violette sur un ton coquin en ondulant des hanches.

— Tu crois que je vais tenir le coup ? renchérit Neven avec un petit rire.

Il se cala sur son rythme.

— Je crois que oui, répondit Violette en l'obligeant à rouler sous elle.

— Oh ! Madame sait ce qu'elle veut, lança Neven avec un soupçon de provocation en empoignant les fesses de Violette.

Elle rit et saisit les mains de Neven pour les poser sur ses seins et jeta la tête en arrière. Neven caressait doucement les mamelons tendres et cela sembla arracher un gémissement à Violette qui se pencha en avant, pris appui sur ses bras et entama de soulever ses hanches par à-coups en pivotant du bassin. Ce fut au tour de Neven de gémir. Violette se pencha sur lui pour l'embrasser. Neven glissa ses mains vers sa nuque et enfouit ses mains dans ses cheveux pour approfondir le baiser.

Il roula à son tour et ils continuèrent à onduler l'un contre l'autre, en rythme, dans un ballet sensuel qu'ils voulaient l'un et l'autre sans fin. Le plaisir ne cessait de monter encore et encore et le repousser tenait du supplice. Un énième coup de reins commun fit céder la digue de la jouissance à nouveau et ils l'exprimèrent en chœur à l'instant de leur délivrance. Violette lui caressa le visage, Neven lui déposa un baiser sur le front et ils se couchèrent nus l'un contre l'autre.

Le sommeil ne vint pas aussi facilement que Neven l'aurait souhaité, mais il savait qu'il ne pouvait pas en être autrement. *Une mission est une mission.* Il le savait.

Chapitre 7

— Allez ! Debout prince au bois dormant ! fit la voix de Violette à son oreille. Nous avons des choses à faire.

— Oh ! Des «choses», hein ? répondit-il en glissant une main vers elle.

Mais au lieu de la découvrir encore nue dans le lit il la trouva habillée et poussa un grognement de déception, puis un soupir.

— D'accord, souffla-t-il en se levant dans sa glorieuse nudité. Mais tu ne sais pas ce que tu manques.

— Oh si, je ne vois même que ça, railla-t-elle en fixant son entrejambe. Mais nous avons déjà fait nos adieux, tu ne te rappelles pas ? demanda-t-elle avec un petit rire.

Neven lui lança un regard triste tout en ramassant ses vêtements par terre aux quatre coins de la pièce.

— Allez, ne fait pas cette tête, on dirait un petit chevreau auquel on a enlevé le pis de sa mère. Et affiche un air plus gai, j'ai trouvé la cliente idéale pour te faire entrer au château !

Elle s'approcha de lui et lui pinça une joue, puis lui claqua une fesse. Il afficha un regard curieux tout en sautant dans ses chausses.

— Ah vraiment ?

— Vraiment. Allez, rends-toi présentable !

Sur ces mots, elle tourna le dos et le laissa à sa toilette. Elle aurait sans doute préféré l'assister, mais ça n'aurait fait que relancer le pincement dans sa poitrine. Une décision était prise et c'était tout aussi bien. Dans la vie, il fallait aller de l'avant.

Quand la porte se referma, Neven enleva les chausses qu'il venait d'enfiler et décida de s'asperger d'eau froide afin de calmer ses ardeurs matinales et vivifier le reste de son corps et de son esprit. Quel que soit le plan de Violette, il était certain que ça l'aiderait. Il devait se tenir prêt. Et cela, même avec ses vêtements de la veille. Il avait à peine enfilé sa chemise quand la porte s'ouvrit à nouveau.

— Oui, j'arrive, je suis prêt, lança-t-il sans se retourner.
— Alors comme ça tu t'en vas ? fit la voix de Rosalie.

Neven pivota et découvrit la jeune fille plantée dans l'encadrement de la porte, les yeux fixés sur lui. Il ne répondit pas de suite.

— Je vois, ajouta-t-elle en croisant les bras. Tu ne m'échapperas pas aussi facilement, déclara-t-elle.

Puis elle releva le menton avec un air de défi et quitta aussitôt la pièce.
Neven soupira. Décidément, rien ne pouvait jamais être simple. Et il était certain que cette petite peste n'avait pas fini de l'enquiquiner. Il enfila à nouveau ses chausses et le reste de ses effets puis fila retrouver Violette dans la cuisine.
Elle avait déjà lancé des marmites et les feux crépitaient sous les ragoûts grésillant et plouploutant. L'odeur de tomates et d'herbes grillées avait envahi la pièce et il regarda les lieux comme s'il y avait déjà passé beaucoup trop de temps. Un temps qu'il aurait pourtant bien fait durer encore un peu s'il l'avait pu. Enfin... si Rosalie avait pu aller voir ailleurs s'il y était bien sûr.

— Ah ! Te voilà. Parfait ! Tu as tes affaires ? Parce que nous partons ! annonça Violette.
Neven fila récupérer son petit paquetage et se présenta à nouveau devant Violette, saluant Gil au passage.
— Prends bien soin d'elle, d'accord ? lança-t-il au vieux.
Ce dernier lui fit un sourire et hocha la tête.
— Je t'avais pas attendu, répondit Gil.
Neven lui rendit son sourire.
— Alors on va où ? demanda Neven en marchant à côté de Violette.
— Tu voulais aller au château, non ? Ben voilà, on va au château,

répondit-elle en riant. J'ai entendu que Dame Nigelle cherchait un nouveau valet. Même si tu es juste sur les références, je mise tout sur ton physique !

Elle lui jeta un regard entendu et Neven le lui rendit, amusé.

— Je vois. C'est une bonne approche. Elle est comment ?

— Physiquement ?

— Tss... Tss... Socialement.

— Pas mal. Elle est dans l'entourage des princesses, ses demoiselles les sœurs de Son Altesse le prince de Kavell. Elle n'est pas une intime de la famille, mais... Elle fait quand même partie de la cour et... elle aime les jolis petits poulets comme toi. J'espère qu'il te reste un peu d'énergie, parce qu'elle a une réputation à tenir.

— Ha ! ha ! ha !

Mais le rire mourut dans la gorge de Neven quand il jeta un regard à Violette.

— Tu es sérieuse ?

Elle hocha la tête avec une moue résignée et il prit une grande inspiration.

— Je vois, ajouta-t-il. Eh bien... allons-y.

Violette vira vers la droite, passa sous une arche et ils entrèrent dans une cour intérieure.

— Ah oui, ce n'est plus la même ambiance, dit Neven devant les colonnes ajourées et les abaques sculptés.

— Eh oui, même l'envers du décor est plus classieux ici.

Elle monta un escalier et tira sur la chaîne de la cloche.

— Allez, rentre le ventre et sors les muscles ! lança-t-elle.

— J'ai pas de ventre ! répondit Neven en posant une main inquiète sur son estomac et en ouvrant de grands yeux.

Violette explosa de rire et la porte s'ouvrit.

— Mimi !

Une grande brune avec un gros chignon enroulé avec des rubans se jeta sur elle pour lui claquer des bises sur les joues.

— Comment ça va ? enchaîna la brune.

— Très bien ! J'ai frôlé le désastre récemment figure-toi... Hum...

Elle lança un regard à Neven.

— Mais je ne suis pas là pour ça, continua Violette. Mimosa, écoute, je t'ai trouvé un remplaçant à Fulbert. Et il devrait tenir la route celui-là !

Neven faillit piquer un fard. Elle le vendait comme un poisson frais ou une charrette. À une fille qui s'appelait Mimosa. Il faillit lever les yeux au ciel... Mais il ne voulut pas faire rater la transaction, alors il se redressa et bomba le torse. Visiblement, son physique jouait pour lui. Quoi que ça implique ensuite.

— Hé ! pas mal du tout ! Comment tu as ça chez toi, dis-moi ?
Neven retint de justesse une grimace.
— Mimosa ! Est-ce que tu sous-estimerais mon charme naturel ? lança Violette avec un sourire. Monsieur, veut de l'avancement, figure-toi. Alors j'ai pensé que je pouvais rendre service à tout le monde.
— Et tu es prête à faire ce sacrifice ? murmura Mimosa.
Violette fit une petite grimace et haussa les épaules.
— Il le faut, répondit-elle. Bien ! Je vous laisse, déclara-t-elle.

Elle se retourna et serra le bras de Neven en lui faisant un petit sourire timide et Neven eut un pincement au cœur.
Il lui rendit son sourire et lui caressa la main et la regarda s'éloigner. Elle ne se retourna pas. C'était sans doute mieux ainsi.

— Alors ? Vous êtes prêt ? demanda Mimosa.
— Pas vraiment, mais je ferai avec, répondit Neven.

Mimosa lui tapota le bras et s'engouffra dans le château. Il la suivit dans une succession de couloirs qu'il espérait avoir mémorisé parfaitement, et elle finit par pousser une porte.

— Allez. Entrez là-dedans et lavez-vous. Vous trouverez une livrée avec les armoiries de Dame Nigelle. Je repasse dans quinze minutes.

Elle ne prit pas le temps de savoir si Neven voulait ajouter quoi que ce soit, tourna les talons et disparut dans le dédale de couloirs.
Super. Ce château était un vrai labyrinthe. Il entra dans la pièce qui se trouvait être une salle de bains où plusieurs baquets remplissaient l'espace. Deux étaient remplis et fumants... et

l'un des deux était occupé.

— Eh ! Ce serait pas le nouveau par hasard ? lança le type dans la baignoire.

— Faut croire que les nouvelles vont vite, ici, répondit Neven en posant ses affaires près du baquet vide.

Il fit un tour d'horizon et remarqua la fameuse livrée.

— Je suppose que c'est ça qui vous a mis sur la voie, ajouta-t-il avec un mouvement de tête vers la tenue d'un bleu vif.

— Ça et la rumeur qui enfle depuis hier... Vous savez, à la cour il n'y a pas grand-chose à faire en dehors de parler et s'envoyer en l'air. Alors quand les rumeurs courent sur les histoires de coucheries, ça court encore plus vite.

— Éclairez-moi.

— Vous ne savez pas qui vous remplacez ?

— Pas vraiment. Mais je crois comprendre que la Dame que je vais servir à l'habitude de fatiguer ses valets avec autre chose que le port de ses malles.

— Voilà qui est joliment dit, mon ami. Mais croyez-moi, votre prédécesseur y a gagné ses galons... S'il est parti, c'est qu'il se marie avec rien de moins qu'une comtesse ! Faites vos preuves et qui sait ce que vous obtiendrez ?

— Si je tiens le coup !

— Ha ! Ha ! Je l'espère pour vous mon vieux !

— J'imagine que tout le monde ne s'en sort pas aussi bien.

Il y eut un blanc et le gars dans la baignoire pinça les lèvres et son regard se perdit dans le vide pendant un instant.

— Non... en effet. Oh ! s'exclama-t-il soudain. Je ne me suis même pas présenté. Thulbert, pour vous servir, dit-il en saluant Neven de la tête.

— Neven, répondit ce dernier en rendant son salut et en ôtant ses vêtements.

— Nous allons nous croiser souvent à la cour. Je suis le valet du Comte Fintock, un des nombreux amis du Prince, annonça-t-il en sortant du baquet et en s'enroulant dans une serviette.

Neven plongea dans l'eau chaude avec délice.

— J'espère tenir jusqu'à notre revoyure !

Thulbert rit tout en enfilant sa chainse et sa tunique orange brodée de mandragores.

— Vous avez l'air d'être en pleine forme, mon ami ! Je suis

certain que tout se passera très bien.

Il lui fit un clin d'œil, le salua à nouveau et quitta la pièce, laissant Neven seul dans son baquet à méditer sur la situation. Mais les quinze minutes qui lui étaient accordées étaient déjà bien entamées et il se hâta de se savonner, se rincer et s'habiller. Il jeta un regard en coin à la tunique qui l'attendait pliée sur le banc. Décidément, le bleu n'était pas sa couleur.
Neven n'eut même pas le temps d'atteindre la porte qu'elle s'ouvrait. Heureusement qu'il s'était habillé. Mimosa trépignait déjà.

— Allez, on y va !
Et elle disparut dans le couloir. Neven attrapa son baluchon au vol et s'engouffra dans le couloir à sa suite.
— Vous présentez bien, mais ça jouera p'têt pas en votre faveur, lança-t-elle.
Neven suivait les méandres des différents couloirs, escaliers, gauche, droite, un étage, droite, un autre étage.
— Allez, mon grand, bonne chance ! dit-elle avant d'ouvrir une porte.
Puis elle annonça à voix haute :
— Le nouveau valet de Madame !

Elle le poussa et disparut en fermant la porte derrière lui.
Euh. Il ne l'avait pas vu venir. La traîtresse l'avait jeté dans la gueule du loup et avait fui. *Dame !* Bon, au moins le décor était sympa. L'appartement était bien chauffé, il y avait des tapis, des beaux meubles et pas de cris d'enfants. Ça simplifiait nettement la chose.

— Ah ! Quel soulagement ! fit une voix sèche. J'ai failli attendre.

Une grande blonde aux cheveux pâles et au visage fardé apparu, elle attrapa les épaules de Neven de ses mains maigrichonnes et le fit tourner sur lui-même en le lorgnant d'un œil sévère.
Il espéra faire une bonne impression. Il venait à peine d'arriver, c'était un peu tôt pour repartir. Elle arrêta de le faire tourner,

s'écarta et le regarda sans rien dire. Le face-à-face était pensif.

— Déshabillez-vous.
Neven étouffa un «QUOI ?» pour lâcher un :
— Madame la comtesse ?
— Toi, tu ne partiras pas pour en épouser une autre ! À partir d'aujourd'hui, tu seras mon neveu. Et, quel que soit ton nom tu ajoutes «de Valembières du Dragon bleu» derrière et ça ira bien.
— Neven, madame, répondit-il.

Elle leva un sourcil sans rien dire. L'information ne devait pas l'intéresser tant que ça. Elle attendait qu'il enlève ses vêtements. Ce qu'il fit.
Dame Nigelle le parcourut du regard, parut convaincue et s'approcha de lui. Elle posa ses mains sur ses épaules et se tenait si près qu'il sentait l'étoffe de sa robe contre la peau nue de ses jambes. Elle glissa ses doigts le long de ses bras, détaillant ses muscles et certaines de ses cicatrices. Pourvu qu'elle ne pose pas de question, se dit-il en se crispant. Ses doigts remontèrent sur ses épaules et redescendirent sur ses pectoraux, faisant des cercles autour de ses tétons. Ils sentaient les frissons le parcourir. Elle sourit. Bigre, elle savait ce qu'elle faisait. Ses mains glissèrent le long de son ventre et il ressentit tous les effets secondaires dans son bas ventre. Et il vit le sourire sur son visage. Elle descendit jusqu'à le prendre dans ses mains et il dut se mordre l'intérieur de la joue pour retenir un grognement. Il ferma les yeux un instant en récitant à nouveau sa petite prière à Constance. *La mission*. Elle en profita pour le pousser légèrement en arrière et il tomba assis sur une banquette.
Aussitôt, elle l'enfourcha et il lâcha un grognement en même temps qu'elle poussa un cri de plaisir. La surprise passée, Neven agrippa les hanches de Dame Nigelle, ou plutôt sa robe. L'étoffe bleutée glissa sous ses doigts et un sourire étira les lèvres rouges de sa partenaire inattendue. Elle prit appui sur ses épaules et entama des allées et venues en gémissant. Elle le testait. Elle le fixait avec des yeux gourmands tandis qu'elle ondulait lentement au-dessus de lui. Neven décida de passer à

l'action, c'était quitte ou double. Ses mains remontèrent le long de la robe pour la saisir à la taille et la soulever légèrement, lui permettant de donner quelques coups de reins qui furent bien accueillis. Dame Nigelle redoubla d'ardeur et Neven lâcha un gémissement. Un ultime coup de reins leur arracha un cri de jouissance. Dame Nigelle se releva avec un soupir satisfait et un grand sourire.
Elle rajusta sa robe, l'observa un instant dans toute sa nudité et lui lança :

— Vous serez parfait. Venez, vous devez vous changer. Demain, vous épousez ma fille.

Chapitre 8

Neven était sous le choc. *Quoi ?* Il devait quoi ? On lui avait déjà fait le coup, mais pas forcément dans ces circonstances. À peine arrivé, il devait déjà changer d'identité et se marier. Et s'il avait le choix, il préférait éviter. Il avait toujours la possibilité de s'enfuir ensuite, mais ça n'était jamais une bonne solution. Une épouse délaissée trouvait toujours à vous retrouver. Quand ce n'était pas toute sa famille qui s'acharnait à vous poursuivre.

Non. Il fallait à tout prix éviter le mariage, ce qui n'allait pas être simple. Il avait besoin de cette place, au moins pour les quarante-huit heures à venir. Le temps de trouver où se cachait la princesse dans ce labyrinthe et de repartir. Vivants, si possible. *Et célibataire.*

Le grand cirque de la cour ne lui laissa pas le temps de ruminer. Il fut affublé de ce ridicule nom à rallonge, d'un pourpoint prétentieux et jeté dans la fosse aux lions. Affamés.

La cour est avide de chair fraîche, dans tous les sens du terme, et l'arrivée d'un nouveau venu fait toujours parler, cancaner et médire, hommes et femmes confondus.

Il s'inventa une vie de lettré ennuyeuse et découragea vite les plus empressés curieux en se lançant dans des diatribes interminables sur la métrique des vers à hémistiche non euclidien, *imbattable*. Et il aurait pu s'en amuser longtemps, si les heures n'étaient pas comptées.

Le comte de machin, la duchesse de chose... Personne ne lui sembla vraiment digne d'intérêt jusqu'à se trouver à la table du fameux Comte de Fintock, qui portait haut ses couleurs, et où quatre messieurs concentrés disputaient une partie serrée. D'expérience, Neven savait que lorsqu'une partie de cartes se déroulait, les langues se déliaient, et il escomptait bien laisser traîner ses oreilles.

Il se rapprocha, salua cordialement, se présenta et fit mine de s'intéresser au jeu avec une moue concentrée. Ce qu'il comprit vite c'était que le Comte, grand quarantenaire brun à l'œil acéré, était non seulement bon joueur, mais aussi un intime du prince. Si quelqu'un pouvait avoir des informations de première main, c'était sans doute lui. Son équipier n'avait pas un aussi bon jeu ni un aussi bon pedigree, même s'il aimait à parler de ses terres à chaque fois que l'occasion lui était donnée et leurs deux adversaires, une paire de jeunes blondinets inexpérimentés, se faisaient donner une leçon. Leurs mains se vidèrent jusqu'à devoir admettre l'évidence : la partie était perdue.

— Vous jouez, mon cher ? demanda l'un des deux perdants en se levant. Pour ma part, je m'avoue vaincu et je vais aller raconter mes malheurs à la charmante Gardenia de Vylmont. Je suis sûr qu'elle saura me les faire oublier, lança-t-il avec un clin d'œil et en quittant la table.
Tous les yeux se tournèrent vers lui. L'opportunité était trop belle.
— Avec joie ! répondit Neven en prenant le siège vide.

Tous parurent soulagés de trouver si vite un remplaçant, mais comprirent très vite que la discussion n'allait pas mener loin avec lui, quand une phrase retint son attention entre deux échanges de cartes.

— Comment avance la cérémonie ? demanda l'équipier du comte tout à trac.
— Parfaitement. Sa Majesté est confiante que tout se déroule le jour dit. Il reste quelques détails à régler, mais... répondit le comte en haussant les épaules. Jouez donc, Droric, qu'attendez-vous ?
— Oh pardon ! fit le blondinet en face de moi.
Puis il abattit une carte certainement prise au hasard dans son jeu, qui nous fit tous lever les yeux au ciel.
— J'ai cru comprendre que votre mère était arrivée pour l'occasion, renchérit le comte.
— Hélas, répondit son partenaire. Mais comment se faire porter

pâle quand le prince se marie ? conclut-il avec un soupir.

Voilà qui confirmait ses doutes. Neven tendit encore l'oreille, mais rien ne fila qui lui soit plus utile et il fit en sorte de se montrer à peine moins doué que son partenaire de jeu afin de perdre avec les honneurs sans pour autant attirer l'attention.
Il était sur le point de refuser la partie suivante quand une main se posa sur son épaule.

— Ah ! Mon neveu, vous êtes là ! lança la comtesse Nigelle de Valembières. Monsieur le comte, dit-elle en saluant le quarantenaire brun.
Ce dernier la regarda à peine et marmonna une vague réponse.
— Messieurs, je vous l'enlève, déclara-t-elle en le tirant par le bras.
Il eut à peine le temps de saluer les gens à la table qu'il se sentait dériver pour traverser le salon.
— Je vois que vous vous êtes déjà fait des amis, murmura-t-elle. Avez-vous d'autres talents cachés ? demanda-t-elle avec un regard gourmand et un ton sans équivoque.
Neven déglutit.
— Pas tant que ça, répondit-il en craignant le moment où il se retrouverait à nouveau seul avec elle.
— Je vous présente ma fille, lança-t-elle soudain quand ils furent dans un coin de la pièce. Hortense de Valembré.
Neven se figea et sentit sa bouche s'assécher. *Déjà ?*
— Enchanté, articula-t-il.

La jeune fille, charmante au demeurant, le salua à son tour avec un sourire timide. Elle avait un air beaucoup trop innocent pour être la fille de ce vautour en rut. S'il y avait eu quelque part une image de l'innocence, elle l'aurait sans doute personnifiée. Des joues rebondies, des petites lèvres roses, de grands yeux noisette écarquillés sur la vie, le tout encadré par des boucles blondes ornées de petits nœuds. Très peu pour lui. *Non.* Pas moyen qu'il la touche. Mais il lisait bien autre chose dans les yeux de sa mère.

— Prenez donc ça, mon grand, lança le vautour en lui tendant un verre.

Ah oui. Un verre. Il en avait besoin. Les relents d'épices lui firent plisser le nez, mais qu'importe. Il avait besoin d'un remontant. Surtout quand il sentit des mains se balader sur ses fesses.
Il n'était pas sûr de tenir quarante-huit heures.

Quand il se sentit partir, il était trop tard. Il se sentait détendu. *Trop.* Surtout quand il prit conscience de ne plus être à la petite sauterie de la cour. Où était la petite blonde ? *Pas grave.* De toute façon il ne comptait rien faire avec elle. Il tenta de faire le tour de la pièce des yeux, mais... au ralenti. C'était l'heure de la sieste apparemment.

— Tu ne vas nulle part, fit la voix de Dame Nigelle.

Et ses mains se posèrent sur ses épaules nues pour le rasseoir aussi sec.
Nues ? Neven se sentit suffisamment interpellé par ce point que l'idée de baisser les yeux fit son chemin dans son cerveau embrumé. En effet, il était nu. Assis dans un fauteuil couvert de coussins doux et chauds. Il aurait pu se rendormir, ou s'endormir tout court... il n'était pas certain d'avoir dormi, s'il n'avait pas commencé à sentir une chaleur l'envahir. Agréable. Douce. Les mains sur ses épaules commencèrent à décrire des cercles caressants sur sa peau. Un petit grognement lui échappa, il laissa ses yeux se fermer et sa tête se renversa en arrière. Ce n'était pas désagréable. Les mains descendirent sur sa poitrine et avant même qu'elles ne descendent plus bas, il anticipa le plaisir qu'il allait ressentir et le désir monta si brutalement qu'il en sortit de sa torpeur. Il se sentait terriblement réveillé et le besoin d'assouvir ses envies se faisait particulièrement pressant. *Les mains ?* Où étaient-elles ? Il en avait besoin, il voulait continuer à les sentir sur sa peau, il...
Où était-il ? Il ne reconnaissait pas la chambre. Quelque part

dans sa vision périphérique, une forme bougea dans le grand lit à baldaquin aux sculptures complexes.

Incapable de réfléchir, Neven se rua sur le lit, convaincu d'y trouver la propriétaire des mains qui l'avaient caressé une seconde plus tôt... et qui avaient éveillé un désir qu'il voulait assouvir. En tirant sur les draps, il découvrit la silhouette terrifiée d'Hortense. À cet instant précis, il fut frappé par la foudre. *Non. Pas elle.* La pauvre gamine lui jetait des regards apeurés et tentait de retenir le drap au-dessus d'elle. Ce fut comme une réaction électrique. Neven sauta du lit sans même en avoir conscience. Il fut comme repoussé par une force invisible. *NON.* Ce mot semblait résonner dans sa tête dans un écho interminable qui menaçait de le rendre fou. Il se cogna contre quelque chose, un meuble? Puis rebondit et sentit quelque chose de froid, le mur? Impossible de savoir dans la panique qui avait pris possession de son corps. Il était déchiré entre l'excitation insoutenable et l'impossibilité de porter atteinte à cette image même de l'innocence.

Fuir. Oui. Fuir était devenu la seule option, et il était à présent en train de rebondir de meuble en meuble, perdu, recherchant désespérément une issue à ce cauchemar. Une porte. Il lui fallait sortir d'ici. Il se cogna un pied dans une chaise, ce qui lui arracha un cri étouffé, mais la douleur l'aida à s'éclaircir l'esprit. *La porte, oui. Là-bas.* Il évita une table avec une démarche hésitante et sa main se posa sur le bois massif qui ne bougea pas. Fermé. *Non. Non.* Il se mit à tambouriner sur la porte. Il ne pouvait pas rester ici. Il voulut crier, appeler, mais rien ne sortit de sa bouche à part un gémissement plaintif. En proie au désespoir le plus complet, il se remit à tambouriner. Avait-il entendu une voix? Il tapa de plus belle. Un grincement plus tard, la porte bougea. Neven n'attendit pas davantage et poussa la porte pour fuir les lieux aussi vite que possible. Il percuta de plein fouet une petite brune.

— Qu'est-ce que...?

Cette voix. Il cligna des yeux et tente de retrouver ses esprits. Il était nu dans un couloir et il agrippait quelqu'un par les épaules.

— Eh bien, Violette te manque à ce point-là ?
Il cligna des yeux à nouveau.
— Ro... Rosalie ? peina-t-il à articuler
— Elle-même, répondit-il avec un sourire et un regard intéressé
vers ses parties intimes qui trahissaient son excitation.
— J'ai besoin d'aide, murmura-t-il d'une voix rauque en tentant
de maîtriser son envie de se coller contre elle sans autre forme
de procès.

Elle sourit de toutes de ses dents.

— Avec plaisir, lança-t-elle avec une satisfaction qui, en temps
normal, l'aurait alerté.

Il se laissa prendre par la main et guider au travers des couloirs,
sans être capable de retenir gauche ou droite, tout droit, ou...
Peine perdue.
Il passa une autre porte, atterrit sur un lit, et avant de pouvoir
réfléchir plus avant, Rosalie s'était collée à lui. Il sentit sa peau
douce et chaude contre la sienne. Elle passa une jambe au-
dessus de lui et il perdit tout contrôle. Il empoigna ses cuisses
et ils roulèrent dans un sens, puis dans l'autre jusqu'à ce
que Rosalie l'enserre de ses cuisses et qu'il soit en elle. Il ne
put réprimer un râle de soulagement. Il serra les dents pour
tenter de l'étouffer. Rosalie entama des va-et-vient du bassin
et Neven accéléra le rythme. Rosalie se cambra et glissa ses
jambes sur le torse de Neven pour reposer ses mollets sur
ses épaules larges. Neven saisit à nouveau ses cuisses sans
perdre le rythme. Rosalie s'abandonna. Elle ferma les yeux
en gémissant et agrippa le drap. Neven ne pouvait réprimer
les grognements de plaisir. Il se sentait comme électrisé. Il
en voulait encore et encore et plus. Que lui arrivait-il ? Il ne
maîtrisait rien. Il espérait ne pas faire mal à Rosalie, mais un
cri un de plaisir le rassura. Elle glissa à nouveau ses jambes le
long des bras de Neven pour les nouer autour de ses hanches
et entreprit de rouler des siennes pour se synchroniser avec
lui tandis qu'elle se caressait le ventre. Il gémit et se pencha
sur elle pour la couvrir de baisers et plonger ses doigts dans
ses cheveux. Sa bouche, son cou... Un râle lui échappa et il

se redressa tandis que la vague de plaisir le traversait et que Rosalie plantait ses doigts dans son dos. Elle gémit en se cambrant et Neven sombra dans l'inconscience.

Chapitre 9

Avant même de lever une paupière, Neven savait que ce serait plus difficile que d'affronter un dragon sauvage. Bon, peut-être un petit. Mais tout de même. Quand il essaya, il eut le sentiment qu'on lui avait mis un coup de poutre dans la tête et que le lit tanguait comme un bateau qui va couler. Il grogna en se comprimant les yeux et sentit quelque chose de doux et chaud bouger contre lui. Non. Quelqu'un. Le choc le fit se redresser et ouvrir grand les yeux, ce qu'il regretta aussitôt. La douleur lui perça les globes oculaires pour rebondir à l'arrière de son crâne et repartir en sens inverse. Il aperçut un visage familier et referma les yeux aussi sec dans un cri de douleur.

— Rosalie ? Qu'est-ce que…
Mais un grognement de douleur termina sa phrase à sa place.
— Ben mon petit poulet, ça a pas l'air d'aller, lança-t-elle en lui massant les tempes.
Il poussa un soupir de soulagement et décontracta ses épaules.
— Faut dire, je sais pas ce que t'as pris hier, mais t'avais l'air chargé. Tu te rappelles quelque chose ? demanda-t-elle.
Il y eut un silence, puis un nouveau soupir.
— En fait j'allais te demander ce que tu faisais là.
— Ah. En effet. D'ailleurs tu fais erreur, je suis parfaitement à ma place ici. C'est ma chambre. Enfin pour quelques jours. Nadette est partie chez ses parents pour la semaine, alors… j'en profite.
Neven poussa un grognement de défaitisme. Ça n'était pas bon signe du tout.
— Allez, détends-toi. Quand je t'ai trouvé, tu tambourinais de l'autre côté de la porte de la fille de Dame Nigelle comme si tu fuyais le diable en personne. Elle est pourtant jolie la petite

Hortense. C'était comment ?

Un grognement lui répondit.

— Ah oui c'est vrai. Bref. J'ai ouvert la porte et je t'ai trouvé nu comme un ver et… particulièrement motivé à… hum. Enfin, je t'ai amené ici pour t'aider, hein. C'était pour rendre service. Il faut croire que la pauvre Hortense ne t'a pas suffi.

Neven risqua de lever une paupière pour jeter un regard plein d'ironie. Ce fut peu convaincant. Toutefois, Rosalie semblait lui dire la vérité et le fait qu'ils fussent nus tous deux dans son petit lit semblait confirmer. La chambre de la fille de… *oh bigre.* Hortense.

— C'est pas vrai, murmura-t-il en se prenant la tête dans les mains.

Toutefois, si ces souvenirs étaient fidèles, et ce malgré les déformations de son esprit embrumé, il était soulagé de savoir qu'il n'avait pas touché cette pauvre fille. Il ne pouvait s'empêcher de revoir son regard effrayé. Pourvu que ses souvenirs soient fidèles.

— Cette vieille peau, s'exclama Neven… Elle ne perd rien pour attendre. Elle…

— Oh, lâcha Rosalie. Je vois. C'est toi le fameux promis ! dit-elle avec un ricanement.

Neven lui jeta un regard noir au prix d'un terriblement élancement.

— Tous les domestiques en parlent, mon petit chat, ponctua-t-elle avec une claque sur l'épaule de Neven. Par contre c'est moche de t'avoir fait ça comme ça.

— Parce que c'est pas moche pour Hortense ? demanda Neven. La pauvre fille était terrorisée quand elle m'a vu sauter sur le lit.

Rosalie se rembrunit.

— Et tu as…

— Ça va pas non ? répondit brutalement Neven. Je ne sais pas trop comment j'ai tenu d'ailleurs.

— Oh, moi je sais, dit-elle avec un rire moqueur.

Neven soupira. Elle était bien la dernière personne à qui il aurait pensé devoir dire ça.

— Merci, lâcha-t-il à contrecœur. Tu m'as tiré d'une sale situation.

— Oh oui, je me suis sacrifiée. J'ai donné de ma personne uniquement pour rendre service, tu sais.

Et elle termina en riant. Elle n'avait pas tort de se moquer de lui. Il s'était fait avoir comme un débutant. Que lui avait fait avaler cette vieille pie et comment ? *Palsambleu*. Il allait devoir faire attention à tout. Cette cour était un vrai nid de vipères.

— Je vais devoir rentrer, lança-t-il. La vieille truie va me chercher partout.

— Deux minutes, tu ne vas pas arpenter les couloirs à poil. J'ai rien contre, mais imagine qu'on te croise... Tiens !

Elle lui jeta une tunique à la figure. Il l'enfila sans même y jeter un œil, trop douloureux. Et il se laissa tirer doucement par la main.

— Allez, je te raccompagne. De toute façon tu ne sais même pas où t'es ch'uis sûre.

Il ne chercha même pas à lutter. Un froufrou lui indiqua qu'elle s'habillait, un grincement que la porte s'ouvrait.

— On y va ! déclara-t-elle en lui prenant la main.

Il la suivit prudemment et le temps d'arriver à la porte de sa chambre, il pouvait ouvrir les yeux sans avoir l'impression qu'on lui plantait un pique-feu dans le cervelet. C'était une nette amélioration. Mais Rosalie insista pour entrer avec lui, il fallait bien que quelqu'un soit là s'il faisait un malaise et ainsi de suite, elle inventait des excuses au fur et à mesure. Neven, lui, n'était pas en état de lutter.

— Dis donc, dit-elle en regardant la chambre. La vieille elle t'a promu et filé des belles fringues, mais tu dors toujours dans ton gourbi.

— J'imagine que le mobilier va avec l'acte de mariage, répondit-il en manquant de glisser sur un bout de parchemin.

Qu'est-ce que...

Il se baissa pour le ramasser. Le bout de parchemin plié en deux était recouvert de ces quelques mots :
«J'étais sûr que vous viendriez».
Ben manquait plus que ça.

— C'est quoi? demanda Rosalie en lui arrachant le bout de parchemin des mains.

Elle mit un peu de temps à le déchiffrer puis lança un regard curieux à Neven.

— Qui c'est qui t'envoie ça? demanda-t-elle.
— Bonne question, répondit Neven.

Bonne question en effet. Il ne reconnaissait pas l'écriture et pour l'instant, il ne se connaissait pas vraiment d'amis dans cette enceinte. En dehors de Violette... Qui pouvait donc l'attendre? Ami? Ennemi? Il avait la désagréable impression de sortir d'un traquenard pour tomber dans un autre.

— Ah oui, si tu ne sais pas c'est embêtant, déclara Rosalie.

Neven se demanda si elle avait encore beaucoup de lapalissades du genre en rayon, mais garda la remarque pour lui. Il lui jeta un regard noir et lui rendit une moue désolée.

— Dans ce cas, il ne nous reste plus qu'à enquêter! Je crois avoir montré que je n'étais pas si mauvaise! déclara-t-elle joyeusement.
— On se calme. Ce n'est pas un jeu.
Rosalie leva les yeux au ciel.
— Et moi je crois surtout que c'est le bon moment d'aller au bout des confidences. Alors, Monsieur «Je te dirai rien parce que ça vaut mieux», il va falloir lâcher le morceau.
Neven soupira et s'assit sur son lit.
— Écoute, tout ce que tu as besoin de savoir, c'est que je suis venu chercher quelqu'un.

Rosalie le fixa en silence. Neven soupira encore.
— Quelqu'un qui est enfermé contre son gré quelque part dans le château, ajouta-t-il.
Rosalie eut l'air de réfléchir.
— Quelqu'un qui devrait épouser le prince dans quelques jours ? demanda-t-elle d'un air innocent.
Neven laissa échapper un grognement de frustration.
— Peut-être, concéda-t-il.
— Mmmm....
— Alors ?
— Alors je crois que je vais commencer mon enquête pendant que tu gères Dame Dragon «Qui veut épouser ma fille ?» et je reviens faire mon rapport dès que j'ai quelque chose.

Elle parla si vite qu'il ne put en placer une, et au regard qu'elle lui jeta, Neven comprit qu'elle ne l'avait pas fait par hasard. Faquine. Elle n'allait pas le laisser tranquille. Il referma les yeux et se massa les tempes.

— D'accord.
— Allez !!!!! Tu... Quoi ?
Elle avait écarquillé de grands yeux.
— J'ai dit d'accord. À ce stade, je ne peux pas me battre sur tous les fronts tout seul.
Elle sautilla en battant des mains.
— Mais tu ne fais rien de risqué ! Et tu reviens ici dès que tu apprends quelque chose ! ajouta -t-il.
— Promis ! dit-elle avec un sérieux qui fit sourire Neven.

Et elle sortit aussi sec. *Vertuchou. Quelle purée de pois !* Et voilà qu'il faisait des métaphores culinaires...

Chapitre 10

Rosalie trépignait. Elle filait dans les couloirs, animée d'une joie enfantine. *Enfin une aventure.* Enfin quelque chose d'excitant dans ce quotidien de patates pelées et de canards rôtis. Elle avait eu bien raison de filer le train à ce bellâtre et de taper l'incruste chez Nadette.

Par où allait-elle commencer ? Elle s'arrêta net au milieu d'un couloir. *Bonne question. Mmm... La cuisine ?* Ça ne l'emballait pas de retourner dans une cuisine, mais... Cette personne, qui qu'elle soit, devait bien manger. Et si elle était tenue prisonnière quelque part, alors on lui amenait à manger. Et on devait bien lui préparer ses repas. *Bien. La cuisine.* Et puis elle pourrait toujours piquer quelque chose pour Violette, les cuisines du château étaient mieux fournies que les leurs... et elle aurait une bonne excuse à fournir à violette.

Décidée, elle reprit sa course vers les cuisines. Descendre ici, tourner là... Quand elle poussa la porte, les effluves de rôti et d'herbes infusées lui sautèrent au visage. Elle se glissa l'air de rien entre les garçons et les filles de cuisine et laissa traîner ses yeux sur les étagères.

— Rose ? Qu'est-ce que tu fais là ? fit une voix dans son dos.
Elle pivota.
— Elric ! Mais qu'est-ce que je vois ? demanda-t-elle d'un air taquin en lui saisissant une manche de sa tunique. On a monté en grade, hein ?

Elric sourit en relevant le menton et en lissant sa tunique. Rosalie s'en frottait les mains. Elle avait eu du nez.

— Eh comme tu vois ! Second de cuisine que je suis maintenant !

— Mais oui je vois, roucoula-t-elle en se rapprochant du petit brun aux larges épaules qui portait bien sa carrure de cuisinier.
— Elric ! Tu roucouleras quand on aura fini ! fit la voix du chef de cuisine à l'autre bout de la pièce.

Elric fit une grimace penaude et Rosalie retint une réflexion. *Zut.* Elle le regarda s'éloigner à regret vers la grande table de travail sur laquelle traînait un plateau à moitié rempli. Mmmm...

— Et vous, là, fichez-moi le camp et laissez mon équipe travailler ! lança le chef.

Rosalie attendit de lui tourner le dos pour faire une grimace qui faillit faire pouffer une cuisinière et elle attrapa un pot de gelée de fruits au passage. *Non, mais !* Elle se dirigea vers la porte et risqua un coup d'œil à Elric qui lui lançait un regard désolé. Elle n'allait pas lâcher l'affaire.

— Elric ! reprit le chef. Découpe-moi une part de rôti et mets ça avec la compotée sur le plateau. Tu sais où ça va !

Vraiment ? se demanda Rosalie. Voilà qui n'était pas tombé dans l'oreille d'une sourde. Elle passa la porte et en se retournant pour la fermer, jeta un dernier coup d'œil au plateau qu'elle avait repéré... et qu'Elric était en train de remplir. Une chance trop belle à saisir. Et elle n'allait pas s'en priver.
Elle referma la porte, et se replia dans un recoin. Quand le second de cuisine sortit avec le plateau, elle lui fila le train pendant un instant et arrivé vers la tour est, elle l'entendit :

— Rose, si tu veux me suivre, fais ça discrètement au moins ! fit la voix d'Elric qui l'avait attendue à un tournant.
Elle fit une grimace faussement contrite et laissa échapper un «oups».
— Les choses avaient si bien commencé entre toi et moi... j'avais pensé que tu aurais vite posé ça quelque part et qu'on aurait profité d'une chambre... dit-elle avec un petit sourire.
— Rose... murmura Elric gêné. Pas ici !
— Voilà ce qu'on va faire, lança-t-elle guillerette. Je vais

t'accompagner, tu vas livrer ton repas et on se trouve un petit coin avant que tu retournes travailler ! J'ai besoin d'exercice avant le repas, sinon je ne suis pas en appétit... et je ne voudrais pas vexer Violette en ne finissant pas mon assiette.
Elric lui jeta un regard entendu.

— En somme, je te rendrai service, lança-t-il.
— Voilà ! répondit-elle sans ciller.
Il rit et secoua la tête.
— Je te fais du gringue depuis des mois et tu te décides maintenant, hein ? susurra-t-il. Ce ne serait pas la nouvelle veste, par hasard ?
— Tu sais comment j'aime les hommes de pouvoir... et l'uniforme... ajouta-t-elle en passant un doigt sur le devant de sa tunique.
Elric se racla la gorge.
— D'accord, répondit-il d'une voix rauque. Mais tu ne dis rien à mon chef ! Et tu ne viens plus me voir à la cuisine ! Je vais encore me faire engueuler !
— Promis ! s'exclama-t-elle.
Et elle lui emboîta le pas dans l'escalier en colimaçon.
— Attends-moi ici, lança Elric alors qu'ils avaient atteint le premier étage.
— Pourquoi ?
— Parce que je ne veux pas que le gardien du quartier des femmes puisse dire que je suis venu accompagné. Et puis imagine qu'il te parque avec les autres ! Tu ne pourrais plus sortir et tu serais obligée de réserver tes charmes au prince. C'est vraiment ça que tu veux ?
— Non, mais avoue que ça t'embêterait toi aussi vu ce que je t'ai promis...
Elle lui fit un clin d'œil et il répondit avec un sourire.
— Allez, attends-moi là, j'en ai pour une seconde.
Et il recommença à grimper l'escalier. Rosalie ne bougea pas, mais tendit l'oreille. Les voix étaient un peu étouffées, mais Elric n'avait pas menti. C'était bel et bien le quartier des femmes. Rosalie avait toujours cru que c'était une histoire destinée à faire peur aux jeunes filles de bonne famille et rêver les paysannes... *Incroyable*.

Il y eut quelques mots étouffés de plus, un bruit de porte et Elric redescendit l'escalier.

— Et voilà ! Alors ? On se le trouve ce coin tranquille ?

Rosalie lui attrapa la main et ils redescendirent l'escalier pour se glisser dans un cellier derrière des caisses. La pièce était sombre et sentait les herbes mises à sécher.
Elric ne perdit pas un instant et glissa ses mains autour de la taille de Rosalie et l'attira à lui.

— Tu m'as fait languir, toi.
— C'est ma spécialité, répondit-elle en glissant ses mains sur les fesses d'Elric qui lâcha un grognement.

Rosalie sentit monter l'excitation chez lui tandis qu'il posait ses lèvres sur les siennes pour échanger un baiser passionné. Il remonta ses mains dans le dos de Rosalie et plongea ses doigts dans ses cheveux. Il embrassa sa bouche, ses joues, son cou... il écarta l'encolure de sa tunique pour embrasser ses seins et Rosalie poussa un petit cri satisfait en se cambrant.
Elle hissa ses fesses sur une caisse et caressa les cheveux d'Elric pendant qu'il donnait des coups de langue sur ses tétons.
Elric releva les jupes de Rosalie sans se donner le mal de la déshabiller. Elle ne se fit d'ailleurs pas prier et se glissa au bord de la caisse pour glisser ses jambes autour de la taille d'Elric quand il défit ses chausses. Il fut en elle en un instant et tous deux crièrent d'une seule voix, comme si ce moment avait été trop longtemps attendu. Il se pencha sur elle pour l'embrasser à nouveau.
Il lui semblait qu'il avait attendu ce moment pendant si longtemps, pendant des années, toute une vie peut-être ? Ses doigts allaient et venaient sur ses cuisses si douces, ses seins si ronds, ses épaules si sensuelles. Les coups de reins se succédaient, les gémissements, les cris, il en perdait la tête. Rosalie quant à elle, trouvait cette situation particulièrement excitante. Elle faisait ce qu'elle aimait le plus en y ajoutant le frisson d'une mission secrète. Et le contact des mains de Elric

sur sa peau la faisait frémir. Il était si doux et en même temps si... Un râle lui échappa quand Elric entama d'accéler le rythme. Elle se cambra autant qu'elle le put en l'accompagnant. La vague de chaleur qui suivit la fit se redresser et elle se colla à Elric, enroula ses bras autour de lui et embrassa chaque centimètre carré de peau qu'elle pouvait trouver. Elric grogna, gémit, crispa ses mains sur les fesses de Rosalie et quand elle se mit à crier de plaisir, il serra les dents pour continuer, encore, encore, puis cria à son tour, s'abandonnant à la vague de jouissance qui le submergea dans les bras de celle qu'il convoitait depuis si longtemps.
Rosalie l'embrassa et s'écarta de lui en se rajustant.

— J'ai adoré ! lui lança-t-elle. On se voit la semaine prochaine, pas vrai ?

Et elle sortit, le laissant là pantois, haletant et ravi.
Rosalie, elle, ne voulait pas perdre une minute. Elle avait suffisamment profité comme ça, et l'excitation de la mission reprenait le dessus. Il lui fallait retrouver Neven et le tirer des griffes de cette ignoble Dame Nigelle qui n'hésitait pas à jeter sa pauvre fille dans les griffes d'un homme sous l'emprise d'une substance pas nette. *Fallait vraiment pas aimer ses enfants*, se dit Rosalie en zigzaguant dans les couloirs. Cette vieille était complètement secouée du carafon de toute façon. C'était un miracle d'avoir une gamine aussi pure et innocente dans ces circonstances. Ou logique. *Ouais, p'tet que c'était logique après tout.*

— Je vous contraindrai ! fit la voix étouffée de Dame Nigelle.

Rosalie pila net. La vieille avait la voix qui portait. Elle était encore à deux couloirs et elle l'entendait déjà...
Elle s'approcha doucement afin d'entendre mieux.

— Vous épouserez ma fille, d'accord ou pas ! Quelle vie pourriez-vous bien avoir en dehors de cette cour, paysan ? Vous êtes à moi et vous le resterez ! Vous m'entendez ?

Rosalie se couvrit la bouche. Elle était complètement zinzin, si elle croyait retenir le beau Neven comme ça, elle se mettait le doigt dans l'œil jusqu'au...

— Oh et toi arrête de pleurnicher ! continua Dame Nigelle en hurlant. Je vous préviens, vous avez intérêt à filer doux tous les deux.

Il y eut un silence. Rosalie attendit. *C'est fini ?* Elle hésita. Elle ne voulait pas débarquer en pleine dispute. Elle ne voulait d'ailleurs pas se faire prendre tout court, dans des appartements où elle n'était pas censée être. Elle attendit encore. De nouvelles disputes résonnèrent, mais plus étouffées, plus loin. *Bon.* Rosalie décida de tenter sa chance.
Elle poussa la porte suffisamment pour jeter un œil. Rien. Elle poussa un peu plus la porte et Neven se tourna vers elle.

— Ça chauffe on dirait, lança-t-elle.
— Dis-moi que tu as quelque chose.
— J'ai quelque chose.

Chapitre 11

— Tu es sûre que c'est nécessaire ? demanda Neven en se regardant dans le miroir et en tripotant ses faux cheveux.
Rosalie lui tapa sur les doigts pour qu'il arrête.
— Absolument. Tu veux vraiment rentrer dans un quartier de femmes ? Alors tu dois être une femme.
Neven fit la moue.
— Et arrête de bouder ajouta Rosalie. Tu es très jolie !
Il lui jeta un regard noir et elle éclata de rire.
— T'en as pas fait un peu trop ? demanda-t-il en observant son profil, les yeux rivés sur la fausse poitrine confectionnée par Rosalie.
— Ne commence pas. Mets-toi ce voile sur la figure et on y va.
Il obtempéra bon gré, mal gré et se fit remarquer à quelques reprises sur le chemin.

Soit Rosalie avait vraiment bien travaillé, soit il était vraiment une femme très très laide. Il préféra pencher pour la première option, ça lui donnait plus d'espoir de convaincre le garde de le laisser entrer.
Arrivés à un tournant, Rosalie fit une halte, regarda à droite, à gauche, poussa un soupir de soulagement et fila vers l'escalier de la tour est.

— Un souci ? demanda Neven qui dessinait mentalement les lieux dans sa tête.
— Je préfère éviter qu'on nous voie dans ce coin, on sait jamais, répondit Rosalie. Allez, suis-moi.

Elle s'engagea dans la tour et entama de monter les marches. Elle reconnut l'endroit où Elric l'avait laissée la dernière fois, prit une grande respiration et continua à monter. Pourvu que son plan fonctionne.

— Halte, qui va là ? lança le garde.
Un charmant jeune garçon au goût de Rosalie.
— J'ai un paquet à livrer ! s'exclama Rosalie en montrant Neven déguisé d'un geste de la tête. La fille d'un prince de je ne sais quelle province. On nous l'a emmenée ce matin, mais il nous a fallu des heures pour la préparer. J'espère que Son Altesse n'est pas déjà venue la réclamer ?
Le garde eut l'air étonné.
— Vous êtes sûre que c'est pas à l'étage au-dessus ? demanda le garde.
Puis réalisant qu'il avait sans doute fait une bévue, il bredouilla :
— Bon bon, heu, non écoutez, personne n'est venu ce matin si ça peut vous rassurer.
Rosalie poussa un soupir convaincant.
— Ah, tant mieux ! Je suis rassurée ! déclara-t-elle.
Puis elle saisit Neven par le bras et le tira tandis qu'elle forçait le garde à se pousser du chemin et leur ouvrir la porte.
— Sois sage, petit chat ! Et rappelle-toi ce qu'on t'a dit : « tu souris et tu te tais » ! ajouta Rosalie en poussant Neven dans la pièce.

Puis elle se retourna et recula pour laisser le garde refermer la porte tout en lui lançant « vous faites quoi ce soir ? » et la porte pivota sur ses gonds pour faire disparaître un Neven qui avait envie de l'étrangler. Les parfums de fleurs qui embaumaient la pièce au point de le faire tousser l'amenèrent à se reconcentrer. La pièce était grande, couverte de tentures aux couleurs vives, le sol était couvert de tapis et de coussins immenses et de grandes fenêtres illuminaient l'étage. Au moins, il pourrait toujours sortir par là.

— Tulipe ! Gentiane ! Venez voir ! fit une voix dans le fond de la pièce.

Et aussitôt il fut cerné par une ribambelle de bonnes femmes

lui posant mille questions sur qui, quoi, comment, où...
Il testa sa plus belle voix, se présenta sous le nom de Lys et assomma d'entrée l'audience en leur parlant grammaire comparative.
Le groupe se dissolut plus ou moins et ne resta que deux ou trois dures à cuire.

— T'arrives pas au meilleur moment, lança une certaine Lilas en entortillant ses longues mèches noires.
— Pourquoi ça ? demanda Neven-Lys.
— En ce moment, le prince nous délaisse un peu. Il n'en a que pour sa promise ! répondit Lilas.
— Si je la chope celle-là ! s'exclama Tulipe en plissant les yeux. On se tue à la tâche depuis des années et c'est une autre qui remporte le gros lot. C'est vraiment pas juste.
— Parce que tu crois qu'il t'aurait épousée toi, peut-être ? lança Giroflée avec un mépris non dissimulé.
— Espèce de vieille fleur séchée ! cria Tulipe en lui sautant dessus.
Neven-Lys eut un mouvement de recul pour éviter la mêlée.
— T'en fais pas pour elles, dit Lilas. Elles se chamaillent tout le temps, conclut-elle en lui tapotant le bras.

Neven-Lys leva un sourcil dubitatif sous son voile. Il ne savait pas que les chamailleries impliquaient de se coller des gifles... avec de l'élan. Mais mieux valait ne pas s'en mêler, en effet. C'était un coup à devenir un dommage collatéral. D'ailleurs tout le monde dans la pièce sembla se désintéresser des deux femmes assez vite.
Lilas glissa son bras dans le sien et l'entraîna à part.

— Allez, viens. La vue sur les jardins est superbe. Au moins, ici, on a tout le luxe nécessaire. Pas comme chez moi.
Elle resserra sa prise sur son bras.
— Tu as eu mon message ? demanda-t-elle à voix basse une fois qu'ils furent suffisamment à l'écart.

Neven-Lys faillit s'immobiliser de surprise, mais se concentra pour continuer à mettre un pied devant l'autre jusqu'à arriver à la fenêtre. Là il se tourna vers Lilas afin de l'observer.

— Comment saviez-vous que je viendrais ? demanda-t-il.
— Je ne le savais pas, répondit-elle. Je n'ai fait que passer le message de la princesse greluche.
Neven-Lys leva un sourcil surpris.
— Écoutez, personne ne la veut ici. Si le Prince doit avoir une femme, ce sera l'une d'entre nous, nous avons sacrifié assez pour cela. Alors, reprenez votre princesse et libérez l'espace.
Voilà qui mettait les choses au point.
— Donc vous savez comment sortir d'ici, je suppose ?
— Évidemment, vous me prenez pour qui ? Nous toutes on connaît tout ici. Ça fait belle lurette qu'on est organisées pour passer d'une pièce à l'autre.
— En somme, vous n'êtes pas vraiment prisonnières ici ?
— Prisonnières ? demanda-t-elle en riant. Nous sommes ici de notre propre volonté. Je ne sais pas ce qu'on vous a raconté là dehors, mais le garde devant la porte n'est pas là pour nous empêcher de sortir. Pas vraiment. Disons qu'on préfère lui faire croire que oui. Mais on va, on vient.
Neven-Lys se retint de pouffer. *Eh bien*. Voilà qui allait lui simplifier la tâche.
— Bien. De toute façon je n'avais pas prévu de m'éterniser ici, déclara Neven-Lys en tirant sur sa robe.
— Par contre, ce sera donnant-donnant, dit Lilas.
Ah. Voilà. Neven-Lys tendit attentivement l'oreille.
— Je te montre un passage vers la pièce qui t'intéresse et tu m'accordes un petit moment en privé. Toi, moi, et personne d'autre, glissa-t-elle à voix basse avec un regard appuyé.
— Le prince vous délaisse à ce point ? demanda Neven-Lys, amusé.
— Clairement. Et même si on passe du bon temps ensemble, je ne me refuse pas un petit plaisir ici et là quand j'en ai l'occasion... Mais je ne veux pas t'obliger bien sûr. Je ne suis peut-être pas ton genre, ajouta-t-elle innocemment.
— Qui suis-je pour laisser une femme dans la tourmente ? répondit Neven-Lys avec sarcasme. Quand ? Où ?
— Quand tout le monde dormira, je viendrai te chercher. Tu n'auras qu'à te caler sur la couche, là-bas, avec les coussins

rouges, dit-elle en montrant du doigt un amas de brocart coloré recouvert de dorures.

Neven-Lys hocha la tête et s'installa sur la couche qui lui avait été désignée. Les filles avaient apparemment fini de se crêper le chignon et il passa le reste de la journée à écouter Tulipe lui parler de la forme des nuages. Il n'était pas certain d'être encore en état de réfléchir quand Lilas viendrait le chercher.

— Eh ! Debout princesse ! murmurait-on à son oreille en lui secouant le bras.

Il sursauta. La pièce était plongée dans l'obscurité et seules quelques torches brûlaient ici et là, oscillant sur un décor endormi.
Corbleu. Il s'était endormi à force d'écouter les élucubrations de Tulipe. Cette fille avait de l'imagination. En même temps il fallait bien qu'elle occupe ses journées... se dit-il en secouant un peu la tête pour se réveiller. La perruque sur sa tête bougea un peu et il rajusta discrètement ses faux seins. *Quelle plaie.*

— Désolé, répondit Neven.
— Allez, viens.

Elle l'attira entre deux colonnes de pierre qui soutenaient les poutres et glissa sa main quelque part dans la maçonnerie. Il eut un courant d'air frais avec un léger *swoosh !* et une partie du mur pivota sur elle-même, ouvrant sur un trou d'un noir dense.
Lilas attrapa une torche sur un des murs et se glissa dans le passage. Neven lui emboîta le pas et le passage se ferma derrière lui. Lilas entama sa progression dans le noir, mais Neven la héla.

— Eh, une seconde !

Hors de question de se trimballer tout ce matériel plus longtemps. Il n'envisageait pas un sauvetage dans cette tenue. Il se débarrassa sans ménagement de la perruque, des voiles, des faux seins, du corsage et de la jupe ne conservant que les chausses qu'il avait gardées sous la jupe et sa tunique. *AH !* Il se sentait plus léger. Tout ce fourbi était une plaie.

— Pas mal, jeta Lilas en l'observant se déshabiller.

Neven releva le menton dans un réflexe de fierté. Lilas lui sourit et lui tourna le dos pour entamer de grimper une volée de marche coincée entre deux murs très rapprochés. Suffisamment pour qu'il n'ait même pas de quoi déplier complètement ses bras.
Lilas grimpa encore quelques marches, et ils se trouvèrent sur un petit palier. Elle coinça la torche dans un support mural en fer forgé et se retourna vers Neven qui n'avait rien d'autre à regarder qu'elle. Il fit glisser ses mains le long de son corsage en tirant sur ses rubans pour le défaire.
Les flammes faisaient scintiller ses cheveux noirs et son visage, partiellement dans l'ombre, trahissait son désir. Ses yeux étaient sombres et sa bouche entrouverte appelait les baisers. Le corsage tomba au sol. Elle écarta les pans de sa tunique dont le tissu était si fin qu'il ne cachait pas grand-chose de sa poitrine pour la dévoiler complètement quand le tissu glissa par terre dans le silence le plus complet. Lilas s'avança vers lui et posa ses mains sur sa poitrine en poussant un gémissement de contentement. Elle laissait courir ses mains sur les muscles fermes, les épaules carrées avec une évidente satisfaction. La tunique de Neven passa au-dessus de sa tête et il sentit la peau chaude et parfumée de Lilas parcourir la sienne. Caresser sa nuque, dessiner ses lèvres, glisser dans son cou. Quand leurs bouches se rencontrèrent, les mains de Lilas descendaient lentement le long de son ventre pour défaire le lien de ses chausses et en un rien de temps il fut nu. Lilas laissait courir ses doigts sur une zone particulièrement intime de son anatomie, ce qui ne l'aidait pas à se concentrer sur le nœud qui retenait la jupe de la sensuelle brune. Heureusement, le vêtement finit par céder pour tomber sur le sol autour de ses jambes au moment où il laissait échapper un grognement de désir.
Lilas pressa son corps contre le sien en laissant son ventre

continuer un constant va-et-vient enivrant tandis que ses mains se portaient sur les fesses musclées de Neven. Leur baiser redoubla d'intensité et leurs mains couraient de haut en bas pour découvrir chaque parcelle du corps de l'autre.

Lilas leva une jambe, se posant sur la hanche de Neven qui l'attrapa par les fesses pour la soulever et la coller contre le mur.

D'un mouvement de hanches, il la pénétra et entama de lents mouvements qui lui arrachaient de petits grognements d'excitation. Il plongea sa tête dans le creux de son cou pour couvrir sa gorge de baisers. Il sentit une des mains de Lilas lui saisir la nuque et caresser la base de ses cheveux d'un mouvement du pouce et l'autre se poser sur son épaule. Ce fut à son tour de grogner. Il avait beau tenter de s'en défendre, se trouver nu dans un couloir sombre et secret, au cœur du danger avec une femme inconnue qu'il lui fallait satisfaire, lui faisait de l'effet. L'excitation montait. Il accéléra le rythme. Il resserra son étreinte sur les hanches de Lilas et elle lui agrippa les épaules tandis qu'il se montrait plus entreprenant. Elle étouffa un cri de jouissance en plaquant sa tête contre le mur, les yeux clos. Ses doigts se crispèrent et elle émit un long gémissement qui eut raison de Neven qui s'abandonna complètement à la vague qui le submergeait et ils s'abandonnèrent ensemble au plaisir en se rejoignant dans un baiser.

Chapitre 12

Neven crut sentir le mur vibrer. Mais avant d'avoir pu se poser la question, Lilas le repoussa légèrement pour glisser un peu plus loin et faire pivoter une partie du mur dans un autre swoosh et un nouveau courant d'air.

Et tout lui échappa. Il se baissa pour ramasser sa tunique et au moment où sa main se refermait sur le coton froissé, Lilas le fit basculer dans l'ouverture noire et referma aussitôt. *La sale petite traîtresse. La vile coureuse de remparts.*

Luttant contre l'envie de hurler, il remercia le sol couvert de paille pour l'atterrissage modérément pénible et fut soulagé de trouver sa tunique toujours accrochée à sa main. Au moins il ne resterait pas nu comme un ver à errer dans le noir de la tour est. Il l'enfila donc sans plus de cérémonie et tâtonna afin de retrouver le mur. Comme pour beaucoup de choses, autant partir du bord que de se perdre dans le néant opaque du milieu. Neven était fier d'avoir de la méthode. En tous cas, en ce moment c'était la seule chose à laquelle il avait le sentiment de pouvoir se raccrocher en dehors de sa tunique. Nom d'une pipe ! Il n'en revenait toujours pas de s'être fait rouler, dans tous les sens du terme.

Utilisé, manipulé. Lui. Rah. Encore cette envie de crier. Concentre-toi. Allez. Il prit une grande respiration et entama de suivre la pierre froide du mur tout en avançant prudemment pour éviter tout obstacle sur le sol. Pour l'instant, de la pierre, de la paille, de la paille, de la pierre. Et rien qui lui permette de refaire pivoter le mur, évidemment. D'ailleurs il en abandonna très vite l'espoir. Autant trouver une autre issue.

Très vite, sa vision s'adapta à l'obscurité ambiante et il se rendit compte que le noir n'était pas aussi complet qu'il en avait l'air et de vagues formes se détachaient. Il devait y avoir une source de lumière quelque part.

Allez, va vers la lumière, se dit-il. Suivant toujours le mur, il tenta de discerner les volumes de la pièce.

Il avait l'air d'être au fond d'une succession de pièces abandonnées depuis belle lurette. La paille sur le sol se raréfiait et il faillit mettre le pied dans une espèce de grande écuelle d'eau. Une auge ? Le bruit de son pied raclant le bois résonna à ses oreilles jusqu'à disparaître dans le grondement inquiétant qui emplit soudain la pièce. Le mur vibra à nouveau. Il n'avait donc pas rêvé. Ça faisait beaucoup de mauvaises nouvelles d'un coup. Il était pieds nus dans le noir, avec une tunique sur le dos pour toute armure et aucune arme. *Tout était parfait. La mission idéale. L'exécution au poil.*

Il n'eut pas le temps de reprendre son souffle qu'un cliquetis étrange parut venir de derrière lui tandis qu'une voix paraissait appeler de l'autre côté de la pièce. Il n'aimait pas ça. Pas du tout.

Mais le temps n'était plus à la réflexion. Il décida d'avancer, et vite. Il devait suivre la voix. Si la princesse était en danger, ou avait été blessée, il n'avait pas une seconde à perdre. Il se décida à lâcher le mur pour foncer droit devant lui en direction du peu de lumière qu'il percevait. Il crut entendre un bruit de chaîne, des plaintes, mais tous les sons ricochaient sur les murs et il ne savait plus d'où chacun d'entre eux pouvait venir.

— Chevalier ! fit une voix plaintive derrière lui.

Il sursauta presque et trébucha en évitant de peu la gamelle. Il se stabilisa comme il put, son cœur faisant des bonds dans sa poitrine et sa main se referma sur l'emplacement habituel de son épée. Un réflexe inutile, puisque l'épée n'était pas là. Il pivota sur ses talons et scruta la pénombre.

Une forme se détacha petit à petit sur le sol, non loin de lui. Faisant quelques pas dans sa direction, la voix reprit :

— Chevalier !

La voix était plaintive et fatiguée. Cette fois, il n'hésita plus et se précipita vers elle.

— Princesse Philia ! Les monstres ! Quand votre père apprendra la façon dont vous avez été traitée ! déclara-t-il à mi-voix en s'agenouillant pour tenter de la relever.

La jeune fille s'assit en acceptant l'aide de Neven. Il chercha à fixer son visage pour déterminer si elle allait bien, mais ne décela aucune blessure apparente. C'était bien elle en tous cas. Mais plus maigre et plus... apathique. Il l'avait connue plus vive et vindicative. Sans doute qu'un séjour dans une geôle de ce type ne devait pas convenir à ses habitudes de confort et qu'elle n'avait plus l'énergie de se battre. Il avait intérêt à la sortir de là et vite.

— Votre Altesse, allez, essayez de vous lever, nous devons sortir d'ici, dit Neven en lui prenant les mains.

Un petit rire flûté franchit les lèvres de la princesse et elle serra ses mains en retour. Peut-être arrivait-il trop tard. Il voulut se relever en l'attirant à lui, mais la poigne se fit plus ferme sur ses poignets et le rire plus profond et plus grave. Une angoisse le saisit.

—   Princesse ?   demanda-t-il   tout   en   connaissant malheureusement la réponse.
— Bien sûr que non, chevalier ! répondit une voix grave et chaude.
Un nouveau rire éclata.
— Viens par ici, lança la voix dans le corps de la princesse.

Il sentit une force irrésistible le tirer en avant et le mettre à terre. La «chose» dans la princesse se mit à califourchon sur lui et se pencha suffisamment pour coller son visage contre le sien dans un face-à-face terrifiant.
Les yeux clignèrent, brillèrent d'une lueur verdâtre et s'agrandirent soudain. Sous les yeux effarés de Neven, il vit les traits de la princesse disparaître petit à petit pour laisser place aux siens. Quand la transformation fut achevée, le même rire moqueur et grave éclata, mais sur son visage à lui, dans le même corps que le sien, à la place de celui de la princesse. *Un morphe...* c'était bien pire que la mandragore... Cette fois, il

était mal.

— Morphe !! Qu'as-tu fait de la princesse ? demanda Neven en tentant de repousser la créature, sans succès.

— Elle dort... répondit le morphe d'une voix gutturale et sifflante, ponctuée d'un petit rire. Et toi, maintenant, tu es là.

Ça c'était le moins qu'on puisse dire, il était là. Et pas dans la meilleure posture.

— Je t'ai entendu... toi... et la femelle, ajouta le morphe en enfouissant son visage dans le cou de Neven pour le renifler ses cheveux et sa peau. Je vous ai entendu crier. J'ai senti le plaisir, ajouta-t-il en se pressant contre lui.

Neven se détendit presque. Si c'était ça que la créature voulait, avec ou sans épée, il avait une chance de s'en tirer. Et il allait la saisir.

— Est-ce ça que tu veux ? Du plaisir ? demanda-t-il.
Le morphe grogna en se frottant un peu plus contre lui.
— Donne-moi, répondit le double de Neven en se penchant sur lui.

Neven ne répondit rien, mais fit un signe du menton, espérant que son message passerait. Il ne se voyait pas se faire l'amour à lui-même.
Le morphe parut comprendre et prit l'apparence d'un jeune garçon qu'il ne connaissait pas. Était-ce un garde ? Son geôlier ? Quelqu'un d'autre ?

— À quoi ressembles-tu vraiment ? demanda Neven.

Il y eut un grognement et ses traits devinrent flous. La peau fonça légèrement en tirant sur le rouge, un visage pointu assez inexpressif le regardait au milieu d'une abondante crinière foncée. La peau nue de la créature était lisse, peut-être légèrement écailleuse, difficile à dire... et il percevait une petite poitrine, menue, mais ferme, qui le stimula bien plus que le jeune garçon d'avant.

Il tenta de se relever, mais le morphe le maintenait toujours au sol.

— Je peux te donner ce que tu veux, mais tu dois me lâcher, dit-il.

Hésitante, la créature le fixa un long moment, puis desserra doucement son étreinte pour faire glisser une de ses mains vers l'entrejambe de Neven. Avant que ce dernier n'ait pu se ressaisir, sa tunique avait été relevée et il se sentit happé par une bouche chaude et avide. Il ne put retenir un cri de surprise. Il posa ses deux mains sur le sol, se retenant d'agripper la crinière à pleine main. Les choses ne tournaient pas si mal. Neven sentit l'excitation monter et dans le noir il pouvait presque oublier avec quoi il s'ébattait. Et puis après tout, peu importe le grain pourvu qu'on ait l'ivresse. Ce n'était pas tout à fait la première fois qu'il avait une expérience avec une créature non humaine.
Neven poussa un gémissement et la créature se recula. Neven émit un petit grognement de frustration, mais qui ne dura pas. La créature le chevaucha dos à lui, et guida Neven pour la pénétrer. Ses hanches étaient massives. Craignant d'être écrasé sous le poids de la créature, Neven se releva et se glissa en levrette derrière la créature. Agrippant ses hanches, il entama des mouvements de va-et-vient qui provoquèrent des grognements et des halètements auxquels Neven n'était pas préparé.
— Plus fort, lança le morphe d'une voix à la fois gutturale et plaintive.
Neven redoubla d'efforts. Il agrippa les épaules du Morphe et donna des coups de bassin sans aucune retenue. La peau chaude et glissante contre la sienne, les grognements animaux, le rapport bestial... sans même le réaliser il avait commencé à grogner et à crier avec le morphe au rythme de ses coups de hanches. Aucune retenue, rien. Il se sentait d'un seul coup libre de prendre tout le plaisir du monde dans ce cachot de la tour est avec cette créature tout aussi prisonnière que lui. Plus rien n'existait que le plaisir qu'il ressentait et qu'il sentait qu'il donnait. Un cri de jouissance puissant le ramena à la réalité et

il sentit la créature se dégager de sa prise pour se retourner. Étrangement, le sexe en érection qui lui fit face ne le désarçonna pas.

— À ton tour, fit le morphe d'une voix rauque de désir.

Neven ne discuta même pas, grisé par l'expérience, les sens en effervescence sous l'effet de l'excitation, il se tourna et se plaça à quatre pattes sur le sol. La jouissance avait occulté la crainte de l'expérience inédite et il se rendit compte avec étonnement qu'il était prêt. Il en avait envie. Quoi qu'il se passe, il le voulait. Une main se posa sur ses fesses et une autre sur sa nuque, douce et caressante. Elle descendit petit à petit dans son dos pour saisir son bassin. Puis il sentit le sexe du morphe contre lui, se frottant doucement. Tout doucement. Encore. Encore. Il gémit et se cambra puis une main descendit lui caresser l'entrejambe et le pénétra doucement puis cessa de bouger. Neven haletait. Il n'osait plus bouger. C'était à la fois bon et terrifiant. Il était... Il avait... Il n'avait jamais fait ça et pourtant... il commença de lui-même à aller et venir doucement, tout doucement d'abord, prudemment même. Et il sentait que le morphe allait à son rythme, attendant patiemment qu'il se sente prêt, prêt à tout donner à nouveau. Puis il se sentit bien. Détendu. Excité. Transporté.

— Vas-y murmura-t-il dans un souffle en se cambrant contre la créature qui lui attrapa les fesses.

Au rythme grandissant des coups de bassin du morphe, Neven sombra dans un tourbillon de plaisir dont il ne voulait pas connaître la fin. Il avait conscience de gémir, mais ne s'entendait pas. Il s'affala sur le sol, suivit par le morphe qui continuait d'aller et venir en grognant pendant que Neven se cambrait désespérément. Un véritable feu d'artifice éclata dans le cerveau de Neven. Il ne s'entendit pas crier, mais il sentit l'avalanche de jouissance l'engloutir, le ravager et le terrasser.

Chapitre 13

Un râle sortit Neven des limbes. En état d'alerte, il se redressa aussitôt et tendit l'oreille. Où diable était-il ?

Humide, sombre, puant… se dit-il en reniflant. Dans un cachot sans doute. *Le même où… ?*

Un autre râle l'arracha à ses pensées. Mais à présent qu'il était réveillé, il se sentait bête d'avoir réagi ainsi. Quiconque gémissait, n'était pas en danger. *Ça non.* La donzelle passait plutôt un bon moment. Et elle n'était pas la seule. *Fabuleux.* Il faisait tapisserie, maintenant. Neven eut peine à l'admettre, mais il s'en sentit vexé.

Relégué au rang de spectateur, même involontaire… son ego en prenait un coup. Et là… la demoiselle s'en donnait à cœur joie… les « ah oui » et les « encore » résonnaient dans la pièce au point que Neven se demanda si elle n'en rajoutait pas un peu.

Animé par une curiosité irrésistible, il se mit debout pour mieux cerner son environnement et déterminer d'où venaient les cris. Et qui gémissait comme ça. Il fut soulagé de constater qu'il n'était pas enchaîné, mais déchanta assez vite en constatant que sa cellule était plus petite qu'il ne l'avait tout d'abord pensé. Les murs de pierre noircie se confondant avec l'obscurité. Le peu de lumière lui parvenait de la porte en partie grillagée.

De là, il ne pouvait voir qu'un siège laissé vacant dans un espèce de couloir assez large qui donnait sur d'autres cellules dont il pouvait voir certaines portes, grillagées comme la sienne. Difficile de savoir lesquelles étaient vides et lesquelles étaient occupées. En dehors des gémissements et des cris de jouissance qu'il devait subir sans en profiter, il n'entendait rien. Clairement, son geôlier se faisait plaisir avec une prisonnière à qui il avait dû promettre monts et merveilles. Des promesses qui resteraient nulles et non avenues, il y avait de grandes chances.

Le râle finit par venir et le geôlier fit enfin son apparition, sourire goguenard aux lèvres et rictus de mépris en apercevant Neven.

— Qu'est-ce qui y a ? lança le geôlier avec agressivité non dissimulée.

Puis il se retourna pour minauder en direction de la cellule qu'il venait de quitter. Neven jeta un œil vers le grillage et son cœur faillit tomber de sa poitrine. *Par tous les dragons.* C'était la princesse. Et à la mine qu'elle avait faite, elle l'avait reconnu. Le geôlier ne comprit sans doute pas et se méprit sur son intérêt. Il détourna le regard pour venir donner un coup dans la porte de Neven.

— Regarde pas ! C'est pas pour toi ! cracha-t-il en se rajustant.

Et il retourna s'asseoir sur le tabouret au milieu du couloir. La princesse n'était plus en vue. *Quelle guigne.* Il avait décidément tout raté dans cette mission. Il avouerait bien au geôlier qu'il était déjà passé avant lui et qu'il n'était pas le seul, mais à quoi bon briser de si belles illusions. Et ça n'allait pas l'aider à rattraper sa bévue. Cette mission allait de mal en pis.

Neven recula de la porte et se laissa glisser le long du mur vers le sol. Froid, humide et seul. Il soupira. Il essaya de repenser aux derniers événements. C'était bien la première fois qu'il perdait connaissance lors d'un orgasme. Il serra les dents en sentant l'excitation remonter. C'était aussi la première fois qu'il expérimentait une telle jouissance et... la première fois qu'il avait des relations intimes avec un morphe. Un grognement lui échappa et une chaleur lui remonta dans le ventre. *Pardieu.* Ça avait été si... *ah.* Tout ce qu'il avait pu connaître auparavant lui parut soudain bien fade. Princesse comprise. Pourtant, elle avait d'excellents arguments et une imagination particulièrement débridée... et il était bien placé pour le savoir malgré ce que pouvait penser le geôlier.

Il se racla la gorge. Il devait se reconcentrer. Ce n'était pas son genre de baisser les bras comme ça. Et en même temps... il se

voyait bien rester ici pour l'éternité à s'envoyer en l'air avec...
ah chut. Ça suffit, se dit-il en secouant la tête, il devait arrêter
de penser à ça.

— Bb... bien le bonjour ! bégaya le geôlier en se levant si vite de
son tabouret que ce dernier tomba au sol.
Neven releva la tête, mais ne bougea pas.
— Ouvrez-moi, fit une voix grave.
— Ou... oui... ss... seigneur, répondit le geôlier visiblement
terrorisé.

Le bruit d'une clé dans la serrure de sa porte prit Neven au
dépourvu et il décida de rester assis contre le mur afin de
découvrir qui s'amusait ainsi à effrayer cet arrogant gardien de
prison. Et il ne fut pas déçu. Surpris, mais pas déçu.
Une figure grande et élancée, le visage fin, les cheveux bruns,
s'avança suffisamment pour passer devant Neven qui ne
bougea pas. Sans un mot, la porte se referma à la hâte derrière
lui et le geôlier s'empressa de s'éloigner sans refermer.

— Tu ne peux pas te cacher, fit cette même voix rauque dont le
souvenir était chargé de désir.

Malgré lui, Neven se releva aussitôt. La silhouette se retourna
et les yeux scintillèrent d'une lueur rouge et dorée.
Sans même comprendre ce qui lui arrivait, Neven se rua vers le
morphe et leurs lèvres se joignirent dans un baiser passionné
qui raviva les fantasmes les plus débridés de Neven. Il sentait
les mains du morphe parcourir son dos, ses fesses, se perdre
dans ses cheveux, descendre le long de son ventre.
Neven gémit et articula péniblement « tu dois m'aider »
entre deux baisers. Quand la créature se recula, Neven faillit
s'accrocher à elle dans un sursaut de désespoir. Rompre le
contact lui était presque douloureux, mais il reprit son souffle
et ses esprits.

— Je suis là pour ça, répondit le morphe de sa voix rauque.

Neven était sous le choc. Il faillit demander « quoi ? », mais se retint juste à temps. Il ne s'y était pas attendu, mais tant mieux. Si le morphe était prêt à l'aider alors peut-être que toute sa mission n'était pas complètement perdue.

— Je dois sortir d'ici, lança Neven à voix basse.
— Je sais. Pas tout de suite. Fais-moi confiance.

Neven retint un gémissement. *Confiance ?* Neven ne savait pas vraiment si c'était de la confiance, mais il savait qu'il ne pouvait ni résister ni refuser quoi que ce soit à cette voix rauque et sensuelle qui lui rappelait sans cesse des ébats d'une puissance nouvelle pour lui. Il était envoûté. Il était... Peu importait ce qu'il était. Il avait besoin de lui. Revenant à la réalité, il demanda :

— C'est bien la princesse Philia de Dreterra dans la cellule, là ?
— Je sais que tu viens pour elle, grogna le morphe en se rapprochant de Neven suffisamment près pour frôler ses lèvres et presser son corps contre le sien.
— C'est pour ça que tu as voulu te faire passer pour elle ?
— Tu regrettes ? Tu aurais voulu faire l'amour avec elle ? demanda le morphe avec un grondement.
Neven se plaqua alors contre lui pour lui faire sentir le désir qui le consumait.
— Est-ce que ça ressemble à du regret ?

Un grognement rauque lui répondit et le morphe le plaqua contre le mur pour lui rendre la pareille. Neven avait l'impression d'avoir pris feu, il ne ressentait plus rien d'autre que cette envie dévorante de s'unir à nouveau avec le morphe. De revivre cette expérience unique.

— Sois patient, susurra la voix rauque.

Neven se consumait intérieurement. *Patient ?* Il répondit par un mouvement des hanches et il obtint un grognement. Le morphe recula et Neven se mordit la lèvre afin de retenir un gémissement de frustration. *Nom de nom*, il devait se concentrer. *La mission. La mission.*

— Passe-lui au moins un message de ma part. Je dois savoir quelque chose.

Le morphe hocha la tête et lui donna de quoi écrire. Neven griffonna une ligne sur un petit bout de parchemin usé avec un mine de charbon et plia le tout pour le donner au morphe. Avant que celui-ci ne repasse la porte, il l'agrippa pour échanger un dernier baiser torride. Puis la silhouette fine s'écarta, et la porte claqua.
Neven s'effondra sur le sol. Broyé par un ouragan d'émotions et torturé par une érection que seule cette étrange créature pouvait désormais assouvir.
Il fallut à Neven un certain temps sur le sol en pierre glaciale pour retrouver ses esprits et calmer ses envies. Il ignorait quel sort on lui avait jeté, mais il devait à tout prix rester concentré, à défaut de garder la tête froide.
Il espérait que Rosalie s'en était tirée. Elle était maline. L'espoir était donc permis. Ce qu'il espérait aussi, c'était avoir une réponse à sa question. Et...
Un chuintement interrompit ses réflexions. Un papier avait été glissé sous la porte. L'ombre disparut aussitôt dans un grognement reconnaissable. Neven bondit pour se saisir du papier, qu'il déplia d'un geste.

« Je ne voulais pas ».

Neven se laissa rouler à nouveau sur le sol. *Saperlotte !* Il avait été manipulé. Ainsi le message qu'il avait reçu n'était pas vraiment de la princesse. Elle ne savait pas qu'il était là depuis tout ce temps... *Alors, qui ?*

Chapitre 14

Mais Neven n'eut pas le temps de s'apitoyer sur son sort ou se poser davantage de questions sur l'expéditeur du message mystère. De toute façon il s'était bien assez apitoyé comme ça, il avait regardé dans le vide un certain temps… suffisamment longtemps pour profiter d'une nouvelle séance de gémissements et de cris bestiaux dans la cellule voisine. Décidément, la princesse mettait le paquet. Ironiquement, ça n'avait pas l'air de s'aider à s'enfuir. Neven en était là de ses réflexions quand la porte de sa cellule grinça pour s'ouvrir et faire place à un geôlier en train de se rhabiller maladroitement.

— Allez ! lança-t-il d'une voix hésitante en s'écartant du passage.

Curieux, Neven se leva et jeta un œil au geôlier éclairé par la lumière du couloir. Il osait à peine le regarder et lançait des regards nerveux en direction d'une grande figure encapuchonnée.

— S… seigneur, v… voilà qui est fait, bégaya le geôlier qui recula en se prenant les pieds dans son tabouret pour tomber assis dessus.

Neven sortit prudemment et reconnut instantanément le regard de feu sous la capuche. Il jeta un regard interrogateur vers la cellule de la princesse, puis vers le morphe, mais celui-ci lui tendit une main rougeâtre et légèrement écailleuse qui trahissait sa vraie nature. Le geôlier fixait la main avec des yeux exorbités et s'accrochait à son tabouret comme si sa vie en dépendait. Mais pour Neven cette main c'était celle qu'il

avait sentie se glisser le long de son ventre pour... Il secoua la tête, il devait se reconcentrer. *Très bien.* Sortir de sa cellule était la première étape. Il reviendrait pour la princesse. Chaque chose en son temps.
Il tourna définitivement le dos au geôlier et vint se placer à côté du morphe qui ouvrait déjà la marche vers la sortie de sa prison.

— Tu es venu me chercher, déclara Neven en tentant de lutter contre les pulsions de désir qui s'emparaient de lui.

La présence même de ce corps à côté du sien le rendait fou. Il ne comprenait ni comment ni pourquoi, mais il devait bien se rendre à l'évidence : la présence même du morphe le mettait au supplice et son cerveau était assailli d'images et de sensations qui torturaient sa libido. Il ne voulait plus qu'une chose : céder à l'appel de la chair et sombrer dans l'oubli procuré par le plaisir. Plus rien d'autre ne semblait compter.

— Je sais, moi aussi, fit la voix rocailleuse sous sa capuche tout en continuant de marcher.

Ils passèrent des couloirs, des escaliers... Puis, Neven, n'y tenant plus, poussa le morphe dans un coin et se colla contre lui. Il jeta sa capuche en arrière et approcha son visage pour réclamer un baiser. Le morphe ne se fit pas prier et leurs bouches s'unirent dans un baiser langoureux et plein de promesses, leurs corps serrés l'un contre l'autre, tendus du désir qu'ils ressentaient tous deux.

— Pourquoi ? demanda Neven hors d'haleine. Pourquoi je suis comme ça ?
Le morphe l'embrassa une dernière fois et le repoussa doucement.
— Tu sauras bientôt tout, patience, dit le morphe en l'attirant un peu plus loin.

Ils s'arrêtèrent devant une porte, échangèrent un baiser passionné que Neven aurait bien conclu avec une partie

de jambes en l'air en plein couloir. Au lieu de ça, le morphe s'écarta, ouvrit la porte et le poussa à l'intérieur.
Le temps de réaliser, la porte s'était refermée, une bouffée de vapeur parfumée envahit Neven et deux baigneuses se ruèrent sur lui en poussant de hauts cris.

— Oh par tous les cochons ailés de Plydain, quelle odeur atroce !
— Et cette tenue, c'est indigne de la cour !
— Allez au travail ! fit une voix plus forte que les autres.

Et les deux baigneuses le déshabillèrent en un clin d'œil. Il ne savait même pas comment, mais il se retrouva nu, livré aux commentaires débridés des deux femmes qui gloussaient.

— Eh bien mon ami, on a rarement le droit à une telle démonstration d'affection, lança l'une d'elles en fixant son érection.
— Est-ce que c'est pour moi ? lança l'autre.
— Ha ! Ha ! Je me fiche bien de savoir pour qui, je ne vais pas la laisser se perdre lança la première. Mais d'abord, on va laver tout ça !

Et il fut jeté manu militari dans une baignoire d'eau chaude où elles entrèrent à leur tour après s'être dénudées. Neven, quant à lui, avait décidé de prendre un problème à la fois, comme d'habitude. Si sa prochaine activité impliquait de se laver, soit. Et plus vite il se débarrassait de ses problèmes de libido, plus vite il pourrait réfléchir correctement.
Pour l'instant, rien n'encombrait plus son cerveau que les yeux de braise de son sauveur et le souvenir de ses lèvres et de ses mains sur sa peau. Il avait le sentiment de s'embraser de l'intérieur, ce désir le dévorait. Quand il sentit les mains le frotter et le savonner, il se sentit d'abord soulagé, persuadé que ce contact le sortirait de ses pensées et ferait fuir les souvenirs chargés de désir. Mais il n'en fut rien. Une fois frotté et savonné de partout, Neven avait compris que le doux va-et-vient de ces mains sur son corps ne l'avait pas rassasié et qu'il avait besoin d'un peu plus d'action. Il avait dû rester perdu

dans ses pensées un certain temps, car il réalisa qu'une des deux filles était collée à son dos et lui tenait le sexe tandis que l'autre s'occupait à le nettoyer.

— Je crois qu'il est prêt, lança la blondinette qui lui faisait face. Alors la grande brune dans son dos le lâcha et s'écarta en lui caressant les fesses.
— Allez mon tout beau, on rince tout ça ! déclara la blondinette en sortant du baquet pour rentrer dans un autre juste à côté. Sans poser de question, il ne s'en sentait plus capable, Neven suivit le mouvement.

Quand il fut entré dans le deuxième baquet, il décida qu'il avait suffisamment été le jouet de la situation. Il devait réagir. Il devait déjà reprendre le contrôle de son corps et de sa tête. *Oui*. Il s'avança vers la blondinette et se colla à elle.

— Je suis tout à fait propre, maintenant, déclara-t-il. Et si nous faisions plus ample connaissance ? Qu'en dites-vous ? demanda Neven en se penchant vers elle et en lui enserrant la taille.
Elle émit un petit rire.
— Ah, ce n'est pas trop tôt, lança-t-elle en jetant ses bras autour de son cou et en nouant ses jambes autour de sa taille. L'eau éclaboussa autour d'eux.
— Je vois, fit la brunette dans son dos. C'est toujours tout pour les mêmes.
Tandis que Neven avait entamé ses va-et-vient, il lança :
— Ne partez pas si vite ! s'exclama-t-il.
Elle se glissa alors derrière lui pour lui caresser le torse en descendant lentement vers son ventre. Il donna un coup de reins en grognant.
— Mmmm... et si on faisait plutôt comme avec le chevalier Gauteron ? Il n'y a pas de raison que ce soit toujours tout pour les mêmes, lança la blonde.
Les deux filles rirent et la brune répondit :
— Ça, c'est bien vrai.

Et elle déposa un baiser sur une des épaules de Neven avant

d'aller se placer derrière son amie.

Elle entama de lui caresser les seins tout en lui embrassant la nuque. La blonde gémit, Neven voulut acquiescer, mais le son se perdit dans un grognement de plaisir. C'était chaud, c'était doux, le parfum de fleur dans l'air l'enivrait, le contact de ces corps le libérait. Il se laissa aller à gémir aussi, à abandonner toute sa frustration dans une série de cris de plaisir. Mais quand il sentit sa partenaire exprimer son dernier cri de jouissance, il savait qu'il n'en avait pas fini. Que le désir qui le consumait était toujours là et la brunette l'avait bien compris. Il embrassa la blondinette et invita sa camarade à le rejoindre. Elles échangèrent alors leurs places avec un sourire satisfait. Que lui avait donc fait cette créature pour le faire vibrer de cette manière, pour le rendre ainsi affamé de plaisir et rechercher à assouvir ses envies ? Était-ce seulement la question la plus importante du moment ? Neven grogna de frustration. Pourquoi ne pouvait-il pas garder la tête froide cinq minutes ?

— J'ai eu peur qu'il ne me reste rien, mais je vois que je m'inquiétais sans raison, ronronna la brunette en l'enveloppant de ses bras.

Neven se lova contre elle tandis qu'elle faisait courir ses doigts sur son corps. Il lâcha un grognement à nouveau. *Bon sang*, il fallait que ça s'arrête. Il lui dévora le cou de baisers et se saisit de ses lèvres. Quand il descendit pour lui embrasser les seins entre les caresses de la blondinette, elle émit un petit gémissement de satisfaction.

— C'est mon tour, lança-t-elle en ondulant des hanches. Ce n'est pas tous les jours qu'on a des clients si bien bâtis et endurants, susurra-t-elle.

Neven grogna de frustration. Justement, c'était bien son problème. La grande brune lui empoigna les fesses en ondoyant contre lui et il lui rendit la pareille. Puis il lui saisit les hanches pour entrer en elle d'un coup de reins. Ils poussèrent tous deux un cri et il la vit sourire. N'y tenant plus, il se laissa aller à des ruades rarement égalées dans lesquelles il avait

fini par attraper directement les fesses de la blonde, à la plus grande joie de celle-ci, tandis que sa partenaire l'encourageait en suivant le rythme et en poussant des cris de plaisir qui ne laissaient aucun doute au fait qu'elle appréciait l'activité. Les baisers s'échangeaient dans une frénésie de volupté. La brunette enroula ses jambes autour de la taille de Neven et se cambra en entamant une série de va-et-vient en gémissant qui amenèrent Neven au bord de la rupture.
Il agrippa les hanches de la brunette en grognant. Sentant les dernières vagues du plaisir le submerger, il s'abandonna complètement dans un grondement bestial qui se fondit dans le cri de jouissance de la brunette, et elle se laissa tomber en arrière dans les bras de la blonde en haletant.

— Eh ben, t'es un sacré animal toi, lança-t-elle en riant.

Il aurait voulu rire aussi, mais il n'y arriva pas et se hissa hors de la baignoire.

Chapitre 15

Il avait beau avoir évacué toute la tension qui l'avait animé tantôt, Neven ne se sentait pas tranquille et une foule de questions se percutait dans son cerveau.

On l'avait habillé comme un prince et traîné comme un prisonnier, ce qu'il était, certes, jusqu'à la table du prince auquel il faisait face. Une immense tablée avait été dressée et les plus éminents membres de la cour étaient apparemment venus se repaître du spectacle de sa déchéance. Il devait encore découvrir à quelle sauce il serait mangé.

Il reconnut quelques têtes et notamment celle de la comtesse Nigelle qui paraissait à peine contenir sa colère. Elle avait l'air d'être sur le point d'exploser. Sa fille n'était pas là, *tant mieux*. La pauvre gamine n'était pas taillée pour ce monde de vautours.

Ce qui surprit davantage Neven, ce fut de trouver la princesse Philia assise aux côtés du prince et le morphe debout derrière lui dans une tunique noire fort seyante.

— Mes chers sujets ! lança le prince.

Tous les regards se fixèrent sur lui.

— Je suis au comble du bonheur aujourd'hui, car nous entamons des festivités qui se concluront par mon mariage avec la princesse Philia de Dreterra, ajouta-t-il avec un geste vers cette dernière.

La princesse ne répondit rien, ne sourit pas, et donnait même l'impression d'être ailleurs. Soit elle avait accepté son destin, soit elle avait déjà autre chose en tête.

— Et, enchaîna le prince, quoi de mieux pour lancer la fête qu'un duel ?

Il y eut un murmure général.

— Mon grand conseiller et ami Shaki, mon exécuteur en chef…

Un silence apeuré s'imposa et des regards furtifs volèrent dans sa direction pour aussitôt chercher à se poser n'importe où ailleurs, en général vers une assiette ou une tenture quelconque.

— … a aujourd'hui choisi son double ! lança triomphalement le prince en fixant Neven dans les yeux.
Un « oh » général se fondit dans de nouveaux murmures.
— Pour mériter ce titre et gagner sa place dans ma cour, il devra affronter mon champion. S'il survit, nous célébrerons les épousailles !

Neven faillit s'étrangler avec sa salive et la comtesse Nigelle s'évanouit.

— Que le repas commence ! conclut le prince en ignorant complètement la comtesse.

La déclaration fut suivie de l'entrée des domestiques, les bras chargés de plats en tous genres, gelées, rôtis, fruits, compotées…
Neven fut incapable de bouger. Incapable d'ôter son regard de celui du morphe. *Shaki, hein ?* Grand conseiller et exécuteur en chef… Il aurait dû ressentir de la colère, se sentir trahi même. Et pourtant. Son regard de feu ne faisait que raviver le désir. Il devait rester concentré. Son premier problème n'était pas son mariage, mais bien le duel. Qui allait-il affronter ? Il ne le savait même pas. Si c'était le morphe, les choses allaient se corser. Mais ce n'était pas logique. Il ne pouvait pas affronter celui-là même qu'il était censé épouser, ça se terminerait seulement en partie de jambes en l'air.
Ce serait certainement un duel à mort. Il y avait fort à parier que le Prince savait très bien qui était Neven et qu'il avait tout prévu pour se débarrasser de lui.
Un bras passa devant lui pour déposer un gobelet superbe

rempli d'un quelconque breuvage enivrant qui avait été servi aux autres convives. Neven n'y avait pas prêté attention.

— Aux épousailles ! lança le prince en levant son verre.
— Aux épousailles ! répondirent tous les invités en chœur en l'imitant.

Neven n'eut pas d'autre choix que de faire de même. Il attrapa son gobelet et le leva puis l'approcha de ses lèvres. L'odeur lourde de vin aux épices lui chatouilla les narines.
Avant même que le gobelet ne touche ses lèvres, il sentit une main se poser sur son entrejambe et une langue chaude le parcourir.
Il réprima de justesse un cri de surprise, mais ne put empêcher le gobelet de lui échapper des mains et de renverser tout son contenu sur la table. Il jeta un regard contrit autour de lui, ramassa le gobelet, le remit d'aplomb et observa le ballet des domestiques s'affairer pour nettoyer et remplacer son verre, puis le re-remplir avec la carafe la plus proche. Mortifié, il n'osa pas le toucher, et l'instant était passé. Les convives avaient bu et reposé leurs verres. Le prince jeta sur lui un regard noir et Neven lança une main sous la table. Personne.

— Laissez-moi vous aider, seigneur ! lança une voix familière.
Une main tamponna sa manche, pourtant propre. Il tourna la tête et découvrit Rosalie qui lui intimait le silence du regard.
— Ton verre contenait du poison, murmura-t-elle en feignant de lui nettoyer la main.
— Comment..? chuchota-t-il.
— Ne mange que ce que les autres mangent aussi ! lança-t-elle dans un dernier murmure.

Et elle s'éclipsa. *Tudieu !* Il devait rester concentré, sa vie en dépendait. Décidément, le prince ne reculerait devant rien pour se débarrasser de lui. Et il n'avait même pas remercié Rosalie de lui avoir, *hum*, sauvé la vie.
Elle disparut dans la foule des domestiques et le ballet des plats continua. Neven picora ici et là en suivant les conseils de Rosalie. Si duel il devait y avoir, il fallait qu'il prenne des forces.

Il prenait soin de toujours prendre un morceau de quelque chose que son voisin immédiat avait déjà mangé et comme il ne s'était toujours pas effondré en convulsant... c'était plutôt bon signe.
Le prince murmura quelque chose à l'oreille de son « conseiller » et se leva en lançant :

— Que l'on prépare le combattant !

Ce qui mit fin au repas de Neven. Il se vit soulevé de sa chaise et entraîné hors de la salle sous le regard de braise du morphe, debout derrière le prince, qui avait posé une main possessive sur celle de la princesse. Le regard meurtrier que Neven échangea avec le prince en dit long.
Neven fut conduit dans une pièce où on lui proposa de choisir entre deux dagues et deux épées courtes, d'assez belle facture, mais sans doute avec bien moins d'allonge que les armes qu'on avait dû proposer à son adversaire...
Il fit son choix et les armes furent emportées. Ça aurait été trop beau qu'on les lui laisse à portée. On ne lui proposa d'ailleurs aucune pièce d'armure ni aucune protection d'aucune sorte. On le voulait mort et on y mettait les moyens. Et encore, il n'avait pas vu son adversaire.
Une porte grinça dans son dos.

— Bien, bien. Je vois que vous avez choisi votre arme, fit le prince.

Il s'était avancé vers Neven, un sourire aux lèvres, flanqué de gardes et du morphe. Relevant le menton, il l'étudia de haut en bas.

— Vous êtes bel homme, je comprends mon conseiller, lança-t-il. Mais, dois-je vous l'avouer... J'avais espéré que les choses tourneraient autrement. Peu importe ! Vous allez grandement nous divertir ! Je compte sur vous !

Puis il s'approcha de Neven et ce dernier dut faire un effort colossal pour ne pas se jeter sur lui pour l'étrangler. Le regard de feu que posa le morphe sur lui participa à l'en dissuader. Et il fallait à tout prix qu'il réprime cette excitation montante, sinon le prince allait se faire des idées.

— Je savais que vous viendriez, lui chuchota-t-il à l'oreille. Je suis terriblement déçu de ne pas avoir pu en profiter moi-même.

Et il s'éloigna. Neven accusa le coup. Le choc le pétrifia. Alors c'était lui. Depuis le début, c'était un piège. *Le message…* C'était le prince qui l'avait fait écrire… et envoyer… Il s'était fait manipuler comme un débutant.

— Bonne chance ! lança le prince en se dirigeant vers la porte. Le morphe, lui, n'avait pas bougé.
— Conseiller, je vous laisse un peu d'intimité avec votre promis. Mais ne soyez pas long. Et laissez-lui un peu d'énergie pour son grand final ! déclara-t-il avec un grand éclat de rire.
Neven voulut l'étriper. En fait il avait envie d'étriper tout le monde. Quand la porte claqua, le ton monta aussitôt.
— Alors, toi aussi, tu veux me faire tuer c'est ça ? cracha Neven sans savoir pourquoi ça lui faisait aussi mal.

Le morphe traversa la pièce en coup de vent et saisit Neven par les épaules. Sa poigne était puissante. Neven se retrouva collé à lui, les mains sur sa poitrine, les poings serrés, prêts à tambouriner sur ce plastron de muscles.
Le morphe pencha la tête vers lui.

— Tu sais ce que je veux, gronda-t-il d'une voix rauque à l'oreille de Neven qui se sentit fondre contre ce corps dur et sensuel. C'est toi que je veux. Et tu me veux aussi, je le sais.

Neven laissa échapper un grognement. Oui, sur ça il n'avait aucun doute en effet. Il le voulait. Il ne savait pas pourquoi, mais quel intérêt ? Tout son corps le réclamait et son cerveau refusait de fonctionner en sa présence. L'envie était dévorante. Trop pour y résister.

— Oui je te veux, s'entendit-il gémir en retour.

Le morphe gronda et entama de couvrir son cou de baisers. Neven s'abandonna sous ses lèvres et se serra contre lui.
Peu importait ses doutes passés, ce qu'il savait c'était qu'à cet instant présent, ils n'existaient plus et seul comptait leurs corps, le désir, le plaisir. À cet instant il fut certain que la vie qui s'offrait à lui était une vie de dangers et d'abandon de soi. Esquiver les tentatives d'assassinat et plonger dans la luxure, les deux l'excitaient tout autant et il savait une chose : il n'avait pas envie d'y renoncer. Il voulait saisir cette opportunité qui lui était offerte. Il voulait saisir cette main tendue, et même tout le reste.
Neven glissa une main sous la tunique du morphe pour explorer son dos et descendre sur ses fesses. Un grognement guttural lui parvint et ne l'excita que davantage.

— Tu devrais te reposer avant le duel, articula le morphe de sa voix rauque tout en glissant lui aussi ses mains sous la tunique de Neven.
— Oui je devrais, grogna celui-ci en glissant sa main vers l'entrejambe de son amant.

Quelques caresses firent disparaître toutes ses réticences et il s'abandonna au doux va-et-vient. Neven lâcha l'objet de son désir pour défaire ses chausses et venir se coller peau à peau, sexe contre sexe.
Il y eut un grognement commun et Neven empoigna le morphe pour le coller contre le mur, face à lui. Leurs bas-ventres se frottant l'un contre l'autre, leurs bouches échangeant des baisers dans une soif de plaisir charnel. Neven était appelé par ce corps tout entier et il ne désirait plus résister, il voulait s'abandonner complètement et totalement, quitte à se consumer dans un brasier de désir. Leurs mains couraient sur leurs corps, leurs visages, caressaient leurs cheveux, descendaient leurs dos et leurs ventres tandis que leurs hanches ne cessaient d'onduler et de danser l'une contre l'autre provoquant un raz de marée de plaisir qui les engloutit dans un cri bestial.

Jamais la jouissance ne l'avait rendu aussi heureux. Oui, il avait joui, mais pas seulement. Il ne pouvait s'empêcher de continuer d'échanger des baisers passionnés pour exprimer son bonheur, sa joie. Il se sentait complet.

— Je dois te dire quelque chose, fit Shaki entre deux baisers. C'est important.
Neven recula légèrement son visage et le fixa avec curiosité.
— Le combat... Je... J'ai... disons que je t'ai aidé. Je ne peux t'en dire davantage. Mais tu dois gagner. Je refuse de te voir mourir.
— Même si c'est le vœu le plus cher de ton prince ?
Le morphe ferma les yeux, les rouvrit et murmura :
— Je sais que je trahis mon prince en faisant cela, mais tu es mon double et il n'y aura jamais que toi, alors je refuse de te faire tuer. Alors tu gagneras et nous serons réunis.
— Tu sais pourquoi je suis ici, n'est-ce pas ? tu sais qui je suis et ce que je suis venu faire ?
— Je le sais.
Neven hésita.
— Tu vas m'aider ?
Il serra son cœur contre le sien, saisit son visage dans ses mains et l'embrassa.
— Je reviendrai. J'en fais la promesse.

Chapitre 16

Quand Neven vit débouler le trorcque dans la lice, il ressentit une pointe de découragement. Il ne savait pas ce qu'il avait fait pour fâcher à ce point le prince, mais là, il mettait le paquet pour se débarrasser de lui. Le truc était musculeux et énorme. Il faisait au moins deux fois sa taille et était large comme une double porte de mine de nains. Des yeux idiots étaient enchâssés sous deux arcades sourcilières broussailleuses et volumineuses et ses deux grands crocs s'échappaient d'une lèvre inférieure épaisse qui laissait filer de la bave gluante ici et là. Sans compter l'odeur. Neven ignorait où cette chose avait traîné, mais les relents étaient méphitiques. Il devait nettoyer les bouses de dragons malades, impossible autrement. Neven en eut un haut-le-cœur.

Il repensa à la lavande et au citron histoire de se requinquer un peu… le combat allait être aussi physique que mental. Et c'était sans compter le gros gourdin. Il avait l'air malin avec son épée courte. Il allait falloir miser sur le corps à corps. Cette idée fit monter un autre haut-le-cœur. *Courage.* Il puait de loin, c'était forcément pire de près. Un cri assourdissant et projetant des jets de bave fit trembler tous les gradins et des hourras parvinrent des rangées de spectateurs.

Neven serra les dents, les fesses et sa prise sur la garde de son épée. Il aurait voulu pouvoir serrer les narines aussi. *Tant pis.*

La terre trembla quand la chose verdâtre commença à se déplacer vers lui. Bon. Neven était peut-être moins dangereux, mais il était plus rapide. Facile à dire. Dans un premier temps, Neven s'évertua à éviter les coups de massue qui formaient des cratères dans le sol et rendaient sa progression plus difficile. *Quelle poisse.* Il se sentit soudain bien ridicule.

Pourquoi était-il là déjà ? Il devait dessouder un trorcque

pour pouvoir se marier ? Une part de lui était morte de rire. N'importe quoi. Mais ce n'était clairement pas le moment. À l'heure actuelle, peu importait pourquoi. L'essentiel, c'était de rester en vie. À chaque coup de massue manqué, un « oh » de déception courait dans l'assistance. Super soutien.

Puis après quelques zigs suivis de quelques zags, il réussit à se faufiler entre les jambes de la bestiole pour lui passer derrière. Dieu qu'elle puait. Neven perdrait l'usage de son nez après cela, il en était certain. Le trorcque se mit à taper avec sa massue, mais ses mouvements semblaient plus maladroits et lents et il hurla quand il se donna un coup sur le pied. Toute l'assemblée éclata de rire. Neven saisit l'occasion. Lui arrivant péniblement à la taille, il n'atteindrait jamais la tête sous l'angle qu'il aurait voulu atteindre. Tant pis. Aux grands maux les grands remèdes. Il se glissa contre lui pour lui faire face, plongea sa main dans son entrejambe, saisit ce qu'il put et trancha net. Un hurlement de douleur paralysa l'assemblée. Neven lâcha son épée pour se couvrir les oreilles et se rouler en boule tandis que des flots de sang jaillissaient.

La terre trembla soudain, le cri se tut et Neven réalisa qu'il était toujours vivant. Il se redressa doucement pour découvrir la forme du trorcque avachi, effondré sur lui-même, la massue au sol et ses mains crispées sur son entrejambe.

Il y eut un silence incrédule et une soudaine exclamation des tribunes mêlée à des applaudissements et des hourras scandant « Champion ! » « Champion ! ». Neven était un peu sonné. Il fouilla la foule du regard pour trouver le prince et le morphe. Et le prince n'était pas content du tout. La princesse quant à elle, dans sa robe d'un rouge cramoisi, mais facilement repérable, avait l'air de bien s'amuser ce qui contrariait encore davantage Son Altesse. Le prince se leva, se tourna vers le morphe et lui dit quelque chose que Neven ne put entendre. La foule fut sommée de se taire et le prince déclara d'une voix forte :

— Que l'on célèbre le mariage !

Neven fut aussitôt saisi et accompagné hors de la lice, avec bien plus d'égards que lorsqu'on l'y avait conduit. Il eut même droit aux œillades insistantes d'un des gardes qui lui glissa même une main aux fesses quand il fut congédié par le prince.

— Félicitations, mon cher. Je dois m'avouer vaincu. Vous avez dignement... hum.... obtenu le droit de réclamer votre place aux côtés de mon conseiller. Vous et moi, serons extrêmement proches désormais... déclara le prince avec un regard insistant.

Shaki vint se glisser à son côté pour faire face au prince.

— Que l'assemblée nous soit témoin de ce jour heureux ! déclama le prince d'une voix tonitruante.

— Nous sommes témoins ! scanda la foule.

— Shaki de Kheton, fidèle conseiller du prince de Kavell, vous êtes désormais lié pour cette vie et la suivante à Neven de Vacan, devant cette couronne et toutes les autres. Que vos destinées soient liées ! déclara le prince d'une voix forte.

Neven se figea en entendant son vrai nom et posa un regard inquiet sur la princesse Philia qui avait baissé les yeux et paraissait absente.

— Vos destins sont liés ! hurla la foule en applaudissant.

Neven et Shaki échangèrent un baiser lorsqu'une exclamation s'éleva dans l'assemblée.

— Alerte ! Les prisonniers se sont échappés !

La panique fut immédiate. Des gens se mirent à courir en tous sens et très vite Neven ne discerna plus rien sauf la masse de soie rouge sombre qui fendait la foule vers les écuries. *Par tous les trolls*, elle n'avait pas perdu une seconde pour réagir ! Elle avait prévu son coup, c'était certain.

Sans réfléchir, Neven fonça après elle, mais la foule l'empêchait d'avancer. Il devait faire un pari. Il était sûr que la princesse s'échappait et que pour ça, elle allait vers les écuries. Neven coupa à travers la foule pour s'en extraire en traçant à la perpendiculaire. Il enjamba le bord du gradin, et se réceptionna sur le sol un peu plus bas pour reprendre sa course. Il n'allait pas se laisser distancer par quelqu'un fendant une foule en sens inverse. Il fila, contourna les gradins et courut le long de l'écurie, guettant le moindre son. Il trouva un trou dans les planches d'un box et s'y faufila pour atterrir, sans grâce aucune, dans la paille. Le cheval le regarda avec curiosité, mais ne trouva pas grand-chose à dire. En revanche, le petit

Gaubert piailla de surprise et fila avec un « J'ai rien vu, je dirai rien, promis ! ». Au temps pour la discrétion, tant pis.
Neven traversa le box avec précaution et jeta un œil par-dessus la porte pour observer toute l'écurie. Rien n'avait encore bougé. Il sortit du box pour remonter vers l'entrée opposée de l'écurie et un froissement derrière lui le fit se retourner et il se trouva face au morphe. Ils échangèrent un long regard en silence et avant qu'ils aient pu échanger quoi que ce soit, la porte de l'écurie s'ouvrit avec fracas et des voix se firent entendre.

— Princesse ! Par ici ! fit une voix masculine, haletante.
— Oh, oui ! Les voilà ! Merci, mon bon Cassian, fit la princesse.

Neven jeta un œil prudent en direction des voix. Le geôlier. Elle l'avait eu finalement ! se dit Neven. Il se retourna vers Shaki et lui fit signe de le suivre.

— Oui, nous voilà ! lança Neven en s'avançant. Et nous allons prendre la suite, si vous n'y voyez pas d'inconvénient.
Le geôlier et la princesse se figèrent.
— Chevalier ! lança la princesse d'une voix chargée d'espoir qui se brisa quand ses yeux se portèrent sur le morphe.
Le geôlier quant à lui avait rétréci de plusieurs tailles.
— j... je vous laisse, Altesse ! balbutia celui-ci.

Et il disparut aussi sec.
La princesse fit une moue déçue et se tourna vers Neven, le regard inquiet.

— Vous allez m'aider à m'enfuir n'est-ce pas ? demanda-t-elle d'une petite voix.
— Votre Altesse, c'est la raison même de ma présence en ces lieux, répondit Neven en lui prenant la main et en la faisant grimper sur un cheval.
Il se tourna vers Shaki et se jeta dans ses bras pour l'embrasser.
— Nos destinées sont liées, déclara Neven en plongeant ses yeux dans ceux du morphe. Je reviendrai, je te le promets.

Et il pressa à nouveau son corps contre le sien en l'embrassant une dernière fois, les jambes tremblantes de désir et une chaleur dévorante dans le bas ventre. Quand il se recula pour attraper la bride du cheval, il voulut gémir de douleur devant l'incertitude dans les yeux de son double.

— Je promets, répéta-t-il.

Et il grimpa derrière la princesse pour partir au galop.

Chapitre 17

La princesse fonça en direction du palais sans jamais montrer la moindre hésitation. Neven s'était attendu à devoir reprendre les rênes en cours de route ou à devoir faire une ou plusieurs pauses, mais apparemment Son Altesse en avait soupé des geôles du prince de Kavell et voulait retrouver ses pénates. Tant mieux. Pour Neven, plus vite cette mission était terminée, plus vite il pourrait... plus vite il pourrait quoi ? Allait-il vraiment tenir sa promesse ? Allait-il toujours ressentir cette attirance magnétique à des miles du château ou avait-il juste été sous l'emprise animale de son amant ? *De son mari*, rectifia-t-il. Avait-il été joué ? À quel point Shaki avait-il été sincère ? Il avait eu l'air sincère. *Lui, l'avait été.* Beaucoup trop d'ailleurs. Il devait se faire vieux. Des images de leurs corps l'un contre l'autre lui provoquèrent un frisson. Est-ce que ce genre de choses pouvait vraiment durer une vie ?

Il était encore perdu dans ses pensées quand il sentit le cheval stopper net et s'ébrouer, suant et soufflant. La pauvre bête ne s'était pas arrêtée une minute. Elle avait bien mérité de se poser. Des palefreniers aux couleurs du roi de Dreterra arrivèrent et prirent l'animal en charge tandis que la princesse se laissait glisser à terre. Neven s'empressa d'en faire de même et de lui coller le train jusqu'à la salle du trône. Hors de question qu'elle aille ailleurs pour l'instant. Il la collait dans les bras de son père et il... il ne savait pas encore ce qu'il allait faire, mais au moins cette histoire-là serait terminée. Il voulait en finir et aller prendre un bain. *Oui voilà, prendre un bain.*

Neven et la princesse parcourent au pas de course les différents couloirs. Les salles menant à la salle du trône et la porte massive leur fut ouverte à peine furent-ils aperçus au bout du couloir.

Le roi fut coupé en pleine conversation, mais sa colère fut dissipée immédiatement à la vue de sa fille courant vers lui et de Neven derrière elle.

— Enfin ! Par tous les gnomes de la lande venteuse ! J'ai douté de vous revoir un jour, chevalier !
Il tapota la tête de sa fille qui le serrait dans ses bras.
— Père ! J'ai été honteusement traitée, je dois vous le dire ! Le croiriez-vous, mais j'ai dû manger d'immondes légumes bouillis, vraiment leur cuisine est infâme ! Un outrage ! Et j'ai dormi à même la paille sur le sol ! Moi ! Regardez ! J'en ai encore des bleus sur la hanche ! s'exclama-t-elle en commençant à remonter sa robe.
— Oui, oui, répondit le roi en l'empêchant de se déshabiller devant tout le monde. Allez, va, lança-t-il en lui faisant signe de sortir.
La princesse fila aussitôt, trop contente d'avoir le feu vert pour répandre ses jérémiades dans tout le château.
— Bon travail, chevalier ! Vous serez récompensé comme il se doit ! Ce paltoquet de prince de Kavell ne s'en tirera pas comme ça vous pouvez me croire !

Et Neven fut congédié aussitôt d'un simple geste de la main, tout comme la princesse un instant plus tôt.
Tant mieux. Neven en avait eu assez de tout ça et il n'était pas d'humeur badine. Il fila tout droit vers ses appartements. Un bon bain l'aiderait à réfléchir sur la suite des événements. Mais à peine passa-t-il la porte qu'une voix résonna.

— Neven !!! Tu es rentré ! hurla Constance en se jetant à son cou.

Le chevalier enlaça la jeune femme. C'était toujours un plaisir de retrouver sa peau et son odeur de savon quand il rentrait de mission. Elle déposa un baiser sur ses lèvres et s'écarta aussitôt de lui.

— Je te fais chauffer un bain tout de suite ! lança-t-elle en sautillant. Je suis si contente !

Chère Constance ! Elle savait toujours ce qui lui faisait envie... Ou plutôt, non, elle connaissait ses habitudes. Et c'était appréciable. C'était... réconfortant. Peut-être était-ce de ça qu'il avait besoin à présent : du réconfort.

Il se déshabilla et se frotta au gant de crin et au savon tandis que Constance faisait chauffer son baquet. Elle babillait sur tout ce qui s'était passé au château durant son absence... Elle savait bien qu'il ne fallait pas poser de questions.

— ... et la fille de la sœur de la cousine de la Du Lac nous a fait une scène de toute beauté ! Elle s'est roulée par terre en hurlant « plus jamais je ne subirai de poésie Bulguienne ! ». Une vraie furie. Mais c'était difficile de vraiment lui en vouloir quand on sait qui la récitait...

Neven n'écoutait pas vraiment. La même question tournait en boucle dans sa tête sans qu'il puisse s'en défaire. Il se vida un baquet d'eau froide sur la tête pour se rincer, mais cela ne chassa guère que le savon. Dépité, il se rassit sur son petit banc de bois, fixant le vide.

— C'est prêt ! s'exclama Constance joyeusement.

Il se leva machinalement et elle lui prit la main. Il se laissa guider jusqu'au baquet et l'enjamba pour se laisser glisser dans l'eau délicieusement chaude. Il poussa un petit gémissement de soulagement, s'adossa au baquet et jeta sa tête en arrière. Il avait besoin de se détendre. Se détendre et arrêter de penser à... trop tard. À nouveau, il était assailli d'images enivrantes, de souvenirs de caresses... *Puteborgne*. Le désir était trop fort. Il devait... Il avait besoin de...

— Constance ! appela-t-il.

Elle passa la tête par une des portes, un paquet de serviettes à la main.

— Déjà ?
— Non. Viens, dit-il en lui tendant la main. J'ai besoin de toi, lui

dit-il d'une voix chaude. Si tu veux bien ?

Constance sourit et reposa ses serviettes et se glissa hors de sa robe en quelques mouvements. Puis elle enjamba le baquet et se plongea avec délice dans l'eau chaude parfumée par ses soins. Elle se posa en tailleur au-dessus de lui et il la pénétra aussitôt. Elle poussa un cri de surprise mêlé de plaisir.

— Pardon, grogna Neven. J'ai trop envie, susurra-t-il en se serrant contre elle.
— Je vois ça, répondit Constance avec un petit rire au milieu des gémissements. Moi aussi. C'était long, tu sais.
— Je sais, répondit-il en guidant les mouvements de bassin de Constance et en les accompagnant.

Il remonta sa main le long du dos de sa compagne de jeu et la posa sur sa nuque pour partager un baiser qui exprimait tout le désir et l'attente que l'un et l'autre ressentaient. Constance accéléra le mouvement. Neven grogna et agrippa sa taille pour la suivre. Le feu d'artifice arriva trop vite, Neven rejeta la tête en arrière dans un grondement rauque, Constance se cambra violemment dans un cri de plaisir et ils se redressèrent pour partager un baiser.

— C'est à mon tour de dire pardon, j'en avais vraiment trop envie, lança Constance avec un regard coquin et un sourire.
— Pareil, répondit Neven en lui caressant les cheveux.
Mais il ne souriait pas comme il aurait dû. Il ne souriait pas comme elle. Il plongea son regard dans le sien et elle sut qu'il y avait quelque chose. Il y avait quelque chose de différent.
— Constance, je vais partir, avoua-t-il.
— Quoi ?
Elle s'était raidie sous le choc de l'annonce.
— Oui. Je dois partir, j'ai...
— Rencontré quelqu'un, lâcha Constance dans un soupir en baissant les yeux.
— Oui, avoua Neven dans un souffle.

Il y eut un long silence. Constance releva la tête et le fixa d'un regard triste, puis essuya une larme avec un soupir.

— Je savais que ce jour arriverait, dit-elle en haussant les épaules. J'apprécie d'avoir pu te dire adieu, murmura-t-elle en le serrant dans ses bras.

— Moi aussi, répondit Neven le cœur lourd.

Pourtant il savait qu'il prenait la bonne décision. Il prit le visage de Constance dans ses mains, écarta une mèche châtaine et ils partagèrent un baiser d'adieu. Il se leva, se sécha et enfila la première tunique qu'il attrapa.

Il parcourut les couloirs du château en courant, et tandis qu'il chevauchait vers le royaume de Kavell, il ne pouvait s'empêcher de se dire que ce moment de jouissance avec Constance, il avait eu en pensant à Shaki. À son aimé. À son double. C'était là qu'était sa place.

www.ingramcontent.com/pod-product-compliance
Lightning Source LLC
LaVergne TN
LVHW041700190726

843493LV00007B/1881